LE CHÂTEAU DES PYRÉNÉES

Du même auteur

AUX MÊMES ÉDITIONS

Le Monde de Sophie
Roman sur l'histoire de la philosophie
1995
et coll. « Points », n° P1000

Le Mystère de la patience
1996
et coll. « Points », n° P634

Dans un miroir obscur
1997
et coll. « Points », n° P549

Le Petit Frère tombé du ciel
Illustrations de Gabriella Giandelli
1998

Vita brevis
Lettre de Floria Æmilia à Aurèle Augustin
1998
et coll. « Points », n° P1055

Maya
2000
et coll. « Points », n° 905

La Fille du directeur de cirque
2002
et coll. « Points », n° P1390

La Belle aux oranges
2003
et coll. « Points », n° P 2325

JOSTEIN GAARDER

LE CHÂTEAU DES PYRÉNÉES

roman

TRADUIT DU NORVÉGIEN
PAR HÉLÈNE HERVIEU

ÉDITIONS DU SEUIL
*27, rue Jacob, Paris VIe*

Ce livre est édité par Anne Freyer-Mauthner

Titre original : *Slottet i Pyreneene*
Éditeur original : Aschehoug, Oslo

ISBN original : 978-82-03-19449-8

ISBN 978-2-02-099394-4

www.editionsduseuil.fr

I

C'est moi, Steinn. Quand je t'ai revu, j'ai vraiment cru à une apparition. Et il a fallu que ça arrive là-bas ! Toi aussi, cela t'a fait un tel choc que tu as failli tomber à la renverse. Mais pour moi cette rencontre n'était pas « une pure coïncidence ». Les forces qui étaient ici en jeu nous dépassaient !

Nous avons eu quatre heures rien que pour nous. Et encore, pas vraiment. Niels Petter a été d'une humeur massacrante quand je suis revenue, et il ne voulait pas aborder le sujet. Cela a duré comme ça jusqu'à Førde.

Il faut dire que tous les deux, nous nous étions éclipsés pour remonter dans la vallée et, une demi-heure plus tard, nous avions retrouvé cette forêt de bouleaux…

Ni Niels Petter ni moi n'avons dit un mot sur cette escapade durant le trajet en voiture. Oh, nous avons parlé de tout, sauf de cela. Comme cela nous était arrivé à tous les deux autrefois, quand nous n'avions plus su comment nous comporter après ce qui s'était passé et que nous avons fini par pourrir sur pied – peut-être pas toi ou moi pris individuellement, mais le couple que nous formions. Nous n'arrivions même plus à nous souhaiter bonne nuit. Je me souviens d'avoir passé la dernière soirée sur le canapé. Tu étais dans l'autre pièce et l'odeur du tabac me parvenait. De l'autre côté du mur, derrière la porte fermée, je devinais ta présence et t'imaginais assis au bureau, la nuque penchée, fumant cigarette sur cigarette. Alors le lendemain, j'ai fait mes bagages et on ne s'est plus revus pendant trente ans. Aujourd'hui, tout cela paraît irréel.

Et voilà que tirés soudain tous les deux du sommeil de la Belle au Bois Dormant, et sans s'être le moins du monde concertés, on se retrouve toi et moi ici, même heure, même jour, Steinn ! Le siècle a changé, et le monde aussi. Ce n'est pas rien, trente ans.

Ne me dis pas que c'est une pure coïncidence ! Ne vois-tu pas que nous avons été guidés par une force supérieure ?

Pour couronner le tout, la propriétaire de l'hôtel est aussi sortie sur la terrasse et elle n'était autre qu'une des fillettes que nous avions gardées jadis dans ce même hôtel ! Pour elle aussi, il s'était passé plus de trente ans. Sans doute a-t-elle eu une sensation incroyable de « déjà-vu ». Tu te rappelles ce qu'elle a dit ?

– Ça fait vraiment plaisir de voir que vous êtes toujours ensemble ! a-t-elle lancé.

Ces mots ont ravivé la blessure, mais ils avaient aussi quelque chose de comique, étant donné que toi et moi, on ne s'était jamais revus depuis qu'on les avait gardées, elle et ses deux petites sœurs, cette dernière matinée, au milieu des années soixante-dix. C'était la moindre des choses qu'on pouvait faire pour remercier leur mère qui tenait l'hôtel d'avoir mis à notre disposition des vélos et un transistor.

Bon, ils m'appellent maintenant. Il faut dire qu'on est en juillet et que la nuit tombe. On va passer les vacances ici, face à l'océan. Je crois qu'ils ont fait griller des truites. Tiens, voilà Niels Petter qui m'apporte un apéritif. Il m'accorde encore dix minutes devant l'ordinateur, car j'ai quelque chose d'important à te demander.

Est-ce qu'on pourrait convenir – et de façon tout à fait solennelle – d'effacer au fur et à mesure tous les e-mails qu'on s'envoie, après les avoir lus ? J'entends par là, les effacer tout de suite. Et, bien sûr, pas question d'en imprimer un seul.

Je conçois davantage cette reprise de contact comme un flot vibrant de pensées entre deux âmes plutôt qu'un échange de lettres destinées en quelque sorte à nous survivre. En contrepartie, cela nous laisse le champ libre pour aborder tous les sujets.

Sans oublier que nous avons tous deux un conjoint et des enfants. Ce n'est jamais bon de laisser traîner trop de choses dans son ordinateur.

Je ne sais pas quand nous mettrons définitivement les voiles. Mais je sais qu'un jour nous claquerons la porte et quitterons cette mascarade et ses jeux de rôles, en laissant seulement quelques accessoires derrière nous, avant que ceux-ci soient balayés à leur tour.

Nous allons toi et moi sortir du temps, sortir de ce que d'aucuns appellent « la réalité ».

Les années passent, mais je ne trouve pas la paix car je crains que ne se reproduise ce qui est arrivé autrefois. J'ai la sensation d'être poursuivie par quelque chose, oui, parfois même je perçois comme un souffle sur ma nuque.

Je n'ai pas oublié la lumière bleue des phares à Leikanger et je tressaille chaque fois que j'aperçois une voiture de police dans le rétroviseur. Un jour, il y a plusieurs années de cela, un policier en uniforme est venu sonner à ma porte. Il a dû voir que je paniquais. En fait, il cherchait seulement une adresse dans le voisinage.

Tu dois trouver que je m'inquiète pour des vétilles. De toute façon, il y a maintenant prescription.

Mais pour la honte, il n'y a jamais de prescription.

Alors promets-moi de tout effacer !

Quand nous sommes arrivés là-haut parmi les ruines du chalet d'alpage, tu m'as enfin dit pourquoi tu étais revenu en ce lieu. Tu voulais faire, disais-tu, le bilan de tes trente dernières années et tu t'es lancé dans de grandes explications concernant ton engagement sur les questions climatiques. Tu m'as aussi parlé d'un rêve particulièrement intense que tu avais fait la veille de nos retrouvailles sur la terrasse. Un « rêve cosmique », selon tes propres termes, mais tu n'as pas pu m'en dire davantage, car des génisses nous ont délogés. On a dû redescendre dans la vallée et tu ne m'as pas reparlé de ce rêve.

Ce n'est pas la première fois que tu as un rêve de nature cosmique. Je me souviens quand nous essayions de grappiller quelques heures de sommeil, mais que nous étions trop excités pour cela. Nous passions alors la nuit à chuchoter, les yeux fermés. À parler des étoiles, des galaxies, de l'univers. De toutes ces choses à la fois lointaines et immenses, bref, de tout ce qui nous dépasse…

Aujourd'hui, cela me fait tout drôle d'évoquer ces moments-là. C'était avant que je ne *croie*. Juste avant.

Je les entends à nouveau crier mon nom. Juste un dernier commentaire avant d'envoyer ce message. Notre lac d'autrefois s'appelle Eldrevatnet, « le lac des Anciens ». Tu ne trouves pas que c'est un drôle de nom pour un lac de montagne, loin des hommes et du bétail ? Qui donc était ces « Anciens », perdus là-haut entre les rochers et les sommets arrondis ?

Quand je suis redescendue de la montagne – avec Niels Petter, cette fois –, j'ai gardé les yeux rivés sur la carte routière. Je n'étais pas revenue sur les lieux depuis notre voyage et je n'avais pas la force de regarder le paysage, et encore moins le lac. Quelques minutes plus tard, on est arrivés à ce fameux virage, tu sais, celui au bord du précipice. L'endroit dont je garde un souvenir très éprouvant.

Je crois que j'ai attendu d'être en bas dans la vallée pour lever les yeux de la carte. C'est fou toutes les localités que j'ai ainsi lues à haute voix pour Niels Petter. Il fallait bien que je trouve à m'occuper. Je n'avais qu'une peur : celle de craquer et de tout lui avouer.

Puis nous sommes arrivés devant les nouveaux tunnels. J'ai insisté pour qu'on les prenne au lieu de passer devant la vieille église en bois et de suivre l'ancienne route qui longe le fleuve. J'ai prétexté qu'il était tard et que nous devions nous dépêcher.

Je te parlais du lac des Anciens.

La « Femme aux airelles sauvages » n'était pas très jeune. C'est du moins le sentiment qu'on avait eu autrefois. Une dame d'un certain âge, avons-nous dit, une dame avec un châle rouge sur les épaules. Il fallait s'assurer qu'on avait bien vu la même chose. C'était du temps où on se parlait encore.

En vérité, elle avait à peu près l'âge que j'ai aujourd'hui. Elle était ce que l'on appelle une femme mûre…

Quand tu es sorti sur la terrasse, j'ai cru un instant apercevoir mon double dans l'embrasure de la porte-fenêtre. Mais pas seulement. J'ai vraiment eu l'impression de me voir de l'extérieur, de ton point de vue et avec tes yeux. Comme si, d'un seul coup, j'étais devenue moi-même la Femme aux airelles sauvages. Et cette impression a suscité en moi une certaine inquiétude.

Ils m'appellent de nouveau. C'est la troisième fois, donc je t'envoie ça et j'efface.

En pensée avec toi,

Solrun.

Je dois y réfléchir à deux fois pour ne pas écrire « Ta Solrun », puisqu'il n'y a jamais eu de vraie rupture entre nous. J'avais juste emporté quelques affaires quand je suis partie ce jour-là. Mais je ne suis jamais revenue. Il m'a fallu presque un an avant de trouver la force de t'écrire de Bergen pour te demander de m'envoyer mes affaires. Et même alors, il ne s'agissait pas d'une rupture formelle, c'était simplement plus pratique d'avoir tout sur place, car je comptais rester encore quelque temps sur la côte ouest. Je n'ai rencontré Niels Petter qu'au bout de plusieurs années. Et toi, tu as mis plus de dix ans avant de faire la connaissance de Berit.

Le moins qu'on puisse dire, c'est que tu as fait preuve de patience. Tu n'as jamais pu te résoudre à l'idée qu'on n'était plus ensemble. Quant à moi, j'ai parfois eu la sensation d'être bigame.

Comment oublier ce qui s'est passé là-haut près du col de montagne ? Il arrive parfois que j'y repense plusieurs fois dans la journée.

Mais ce qui s'est produit par la suite fut en revanche un événement merveilleux qui a fait naître un espoir. Aujourd'hui, je considère que ce fut un véritable cadeau.

Ah, si seulement nous avions été capables de le recevoir ensemble, ce cadeau ! Mais nous étions morts de peur. C'est le moment que tu as choisi pour t'effondrer et je t'ai protégé.

Puis tu as repris des forces et tu es reparti de plus belle dans ta logique.

Au bout de quelques jours, chacun de nous regardait dans une direction opposée. Nous avions perdu la capacité ou le désir de nous regarder dans les yeux.

Nous deux, Steinn ! C'est incroyable.

Solrun, Solrun ! Comme tu étais belle ! Tu irradiais littéralement dans ta robe rouge, avec derrière toi le fjord, le jardin et la balustrade blanche !

Je t'ai bien sûr immédiatement reconnue. Ou avais-je une vision ? Mais non, c'était toi, comme surgie d'une autre époque.

Et autant te le dire tout de suite : à aucun moment, je n'ai fait de rapprochement avec la « Femme aux airelles sauvages », non, vraiment pas.

Je n'en reviens pas que tu m'aies écrit ! Même si j'avais vaguement espéré ces dernières semaines que tu le ferais. Lorsque j'ai proposé qu'on s'écrive des mails, tu m'as répondu que tu me contacterais quand tu jugerais bon de le faire. La balle était donc dans ton camp.

C'était vraiment fou qu'on se retrouve précisément dans le même coin paumé qu'autrefois. Comme si, il y a bien longtemps, on s'y était donné rendez-vous, même lieu, même heure. Pourtant, ce n'était pas le cas. Notre rencontre relève du plus grand des hasards.

Je sortais de la salle à manger une tasse à la main et ma stupéfaction fut telle que je me suis renversé un peu de café brûlant sur le poignet. Tu as raison de dire que je tenais à peine sur mes jambes, j'ai failli lâcher ma tasse.

J'ai vaguement salué ton mari qui, tout à coup, s'est rappelé qu'il avait oublié quelque chose dans la voiture. Nous avons à peine eu le temps d'échanger une ou deux phrases, toi et moi, que la propriétaire de l'hôtel arrivait. Est-il possible qu'elle m'ait reconnu, trente ans après, quand je suis passé devant la réception, alors qu'à l'époque c'était sa mère qui tenait l'hôtel ?

On s'est donc retrouvés en tête à tête, toi et moi, et elle nous a apparemment pris pour un vieux couple, venu autrefois en amoureux dans ce bras du fjord – j'ai essayé de me représenter ce que cela aurait été, une vraie vie de couple avec toi – et qui, dans un accès de nostalgie, revenait sur les lieux de son histoire d'amour. Rien de plus normal à ses yeux donc qu'on se retrouve sur la terrasse après le petit déjeuner, non pas pour griller une cigarette – tous deux, conformément à la tendance générale, ayant arrêté de fumer – mais pour admirer les hêtres pourpres, le fjord et les montagnes. C'est d'ailleurs ce que nous faisions, non ?

La réception avait été rénovée et on avait ouvert une cafétéria pour les voyageurs de passage. Mais les arbres, le fjord et les montagnes étaient les mêmes, tout comme le mobilier et les tableaux dans le salon. Le billard se trouvait toujours à la même place et je doute fort que le vieux piano ait été accordé entre-temps. Tu avais joué du Debussy et aussi quelques *Nocturnes* de Chopin sur cet instrument. Je revois encore les autres clients se rassembler autour du piano et t'applaudir à tout rompre.

Cela remonte à trente ans, mais c'est comme si c'était hier.

Ah si ! Il y a un changement, cela me revient. On a construit des tunnels ! Autrefois on arrivait et on repartait en bateau. C'était l'unique moyen de transport.

Te rappelles-tu comme on était soulagés de savoir que le dernier ferry était arrivé et qu'il n'y en aurait plus d'autre ? Le village était alors coupé du monde et nous avions le restant de la soirée, la nuit et le lendemain rien que pour nous, avant que le *M/F Nesøy* ne reparte sur le fjord et ne revienne dans le courant de la matinée avec de nouveaux passagers à son bord. Du temps béni, avons-nous dit. Si cela s'était produit aujourd'hui, on aurait probablement passé la soirée sur la terrasse à regarder les voitures sortir du tunnel. Allaient-elles toutes poursuivre leur route vers l'ouest ou bien l'une d'elles tournerait-elle au niveau du musée du Glacier pour venir nous chercher à l'hôtel, j'entends par là, pour nous emmener au commissariat… ?

Tiens, j'avais oublié que nous avions gardé ses filles. Tu vois, je ne me souviens pas de tous les détails.

Je me rallie à ta proposition de supprimer les mails dès que nous les avons lus, puis de répondre et de supprimer aussi la réponse après envoi. Moi non plus, je n'aime pas laisser traîner trop de choses sur mon disque dur. Cela donne un sentiment de liberté de pouvoir donner libre cours à certaines pensées et associations d'idées. De nos jours, on enregistre et on garde bien trop de mots, que ce soit sur Internet, sur des Post-it ou des disques durs.

J'ai donc effacé depuis longtemps le mail que tu m'as envoyé avant de commencer à te répondre. Je t'avoue qu'effacer n'a pas que des avantages, car je regrette déjà de ne pouvoir relire un passage. Je vais donc faire appel à ma mémoire et poursuivre de mon mieux cet échange épistolaire nouvelle version.

Selon toi, nos retrouvailles impromptues là-haut sur la terrasse de l'hôtel sont dues à des forces surnaturelles. Concernant ce genre de questions, je compte sur ta compréhension parce que je m'exprimerai avec la même sincérité qu'autrefois. Pour moi, il n'y a là que pure coïncidence, derrière laquelle je ne perçois ni volonté ni providence d'aucune sorte. Dans notre cas, il s'agit, certes, d'une extraordinaire coïncidence et non d'un simple fait du hasard. Mais il ne faut pas oublier tous les jours où il ne nous arrive rien de tel.

Je cours sciemment le risque de te renforcer en tes croyances dans les forces occultes, mais je vais te faire un aveu. Quand mon bus est enfin sorti du long tunnel, près de Bergshovden, le brouillard au-dessus du fjord était si épais que je n'ai rien vu en contrebas. Les sommets étaient dégagés, mais le fjord et les vallées avaient comme disparu du paysage. Puis il y a eu encore un tunnel et, une fois de l'autre côté, je me suis retrouvé sous la couche de nuages. J'ai vu le fjord et le fond des trois vallées, mais impossible cette fois d'apercevoir les flancs des montagnes.

Une pensée m'a alors traversé l'esprit : et si elle était ici ? Et si elle aussi avait eu l'idée de venir ?

Le lendemain, tu étais là sur la terrasse, dans cette robe d'été juvénile, quand je suis sorti de la salle à manger avec ma tasse de café pleine à ras bord.

C'était comme si tu avais été le pur produit de mon imagination, comme si je t'avais créée de toutes pièces ce jour-là dans ce vieil hôtel en bois. Comme si mon souvenir de toi et ton absence avaient eu le pouvoir de te faire renaître.

Mais est-ce vraiment si surprenant que tu aies été présente dans mes pensées quand je me suis retrouvé dans ce que nous avions surnommé notre « nid d'amour » ? Cela étant, le fait que nous soyons arrivés au même moment, c'est juste un coup de bol, rien d'autre.

Je prenais mon petit déjeuner et je pensais à toi en buvant mon jus d'orange et en décapitant mon œuf. L'esprit encore embrumé par le rêve incroyable de la nuit, je me sers un café pour le boire sur la terrasse. Et tu es là en chair et en os !

Ton mari m'a fait de la peine. J'ai eu une pensée pour lui quand, une heure plus tard, nous lui avons tourné le dos et sommes partis dans la montagne pour nous retrouver seuls, toi et moi.

Tout – notre manière de marcher ou de renouer le dialogue – avait la grâce du lointain écho de cette première fois où nous étions venus ici, autrefois. La vallée était la même et, comme je te l'ai dit : tu as toujours l'air aussi jeune.

Mais je ne crois pas au destin, Solrun. Non, vraiment pas.

Tu as mentionné encore une fois la « Femme aux airelles sauvages ». Ce faisant, tu évoques l'expérience la plus étrange que j'aie jamais vécue. Cette femme, je ne l'ai pas oubliée et je ne nie pas non plus son existence. Mais écoute-moi. Je voudrais t'apporter mon témoignage sur quelque chose qui m'est arrivé sur le chemin du retour.

Après votre départ, je suis resté pour participer, le lendemain matin, à l'inauguration du Centre de climatologie. Je t'avais dit qu'on m'avait demandé de tenir un petit discours à cette occasion. Je n'ai repris le bateau express de Balestrand à Flåm que vendredi matin, et quelques heures plus tard j'enchaînais avec le train jusqu'à Myrdal où j'ai rejoint le *Bergensbanen* et pris la correspondance pour Oslo.

Peu avant d'arriver à Myrdal, le *Flåmsbanen* fait une halte près d'une chute d'eau impressionnante, le Kjosfossen. Les touristes sont fortement encouragés à sortir du train pour photographier la cascade ou au moins jeter un coup d'œil sur les voiles blancs formés par les trombes d'eau.

Alors que nous étions sur le quai, une « fée des forêts » a soudain surgi sur la pente, à droite de la cascade. Elle est apparue et a disparu comme par enchantement avant de réapparaître une fraction de seconde plus tard, trente ou cinquante mètres plus loin. La scène s'est répétée plusieurs fois.

Quelle explication vas-tu bien trouver à cela ? Que ces génies des eaux ne connaissent pas les lois naturelles ?

Gardons-nous de toute conclusion hâtive. Ai-je eu une vision ? Ai-je été le jouet d'une hallucination ? Mais nous étions une centaine à avoir observé la même chose. Avons-nous donc été les témoins d'une manifestation surnaturelle, je veux dire, d'un esprit ou d'un génie de la nature ? Mais non. Il s'agissait d'une mise en scène, d'une simple attraction pour les touristes. La seule chose que j'ignore, c'est le salaire horaire des jeunes filles.

Aurais-je omis un détail ? Ah oui… Cette jeune fille n'avait pas une manière naturelle de se déplacer dans le paysage : elle sautait d'un endroit à l'autre à la vitesse de l'éclair. Oui, c'était vraiment étonnant, mais il devait y avoir un truc. Impossible de savoir exactement combien de « fées des forêts » participaient à cette mise en scène près de la cascade de Kjosfossen cet après-midi-là. À supposer qu'elles aient été deux ou trois, elles ont dû être rétribuées pareillement.

Je te raconte cet épisode parce qu'il y a un élément auquel nous n'avions pas songé autrefois mais qui mérite d'être pris en considération, même aujourd'hui. La Femme aux airelles sauvages peut, elle aussi, avoir été placée, intentionnellement, sur notre chemin. Elle tenait peut-être un rôle ou bien elle voulait nous jouer un tour. En tout cas, nous n'avons pas dû être les seules victimes des agissements de cette créature. Dans tous les villages, on trouve ce genre de personnages originaux.

Mais j'ai l'impression que je voulais aussi te dire autre chose… Ah oui, ça me revient ! Cette femme a tout à coup surgi de nulle part et, après sa petite scène, elle est comme rentrée sous terre. Ce qu'elle a réellement fait, qui sait ? Peut-être était-elle un oiseau fantôme qui a réintégré son vieux tombeau pour animaux ou bien s'est-elle simplement cachée derrière un monticule ? Nous n'avons pas ratissé la zone. La vérité, c'est que nous avons détalé comme si nous avions le diable à nos trousses.

C'est la coutume de dire : je ne le croirai qu'après l'avoir vu de mes propres yeux. Mais je ne suis pas sûr que cela suffise. On devrait commencer par se frotter les yeux pour être sûr de ne pas rêver, avant d'émettre le moindre jugement. On devrait se demander si l'on ne s'est pas fait manipuler, et nous ne nous sommes pas posé cette question, toi et moi. Nous étions trop morts de trouille. Si l'un de nous avait craqué, il aurait entraîné l'autre dans sa chute.

Ne te sens pas rejetée par mes propos. J'étais si heureux de te revoir que je me surprends à sourire tout seul dans la journée. Je ne crois pas que l'extraordinaire coïncidence de nos retrouvailles soit entièrement dépourvue de sens. Ces événements ont une telle importance que cela suffit en soi pour leur conférer du sens. Sans parler de l'influence qu'ils peuvent exercer par la suite.

S'il était un endroit au monde où nous retrouver, c'était bien celui-là. Alors on a regrimpé sur le Fjellstølen. Qui aurait jamais cru que l'histoire se répéterait ?

Une balade de quatre heures, ce n'est pas grand-chose quand on a l'occasion de se voir, disons, une ou deux fois par an. Mais quand on ne s'est pas revus depuis plus de trente ans, comme c'est notre cas, quatre heures, c'est énorme. Entre ce moment passé ensemble et rien, la différence est colossale.

Cela me fait plaisir d'avoir de tes nouvelles, Steinn. Mais je retrouve aussi les raisons qui ont fait que nos chemins se sont séparés. L'une d'elles est la différence d'interprétation que nous avons des événements que nous avons vécus ensemble. Une autre raison est le ton condescendant que tu as pris pour parler de ma vision des choses.

Mais j'avoue que je suis heureuse d'avoir de tes nouvelles. Tu me manques. Laisse-moi juste un peu de temps et je te répondrai quand je serai de meilleure humeur.

Je n'avais nullement l'intention de t'offenser et je ne me souviens plus des termes exacts que j'ai employés. Qu'ai-je donc écrit ? Ne t'ai-je pas dit que je passe mon temps à chantonner ici à la maison parce que nos chemins se sont à nouveau croisés ?

D'ailleurs j'ai quelque chose d'autre à te raconter. J'ai navigué à bord d'un ferry qui portait le nom de ce bras de fjord. Nous avons d'abord fait escale à Hella où nous avions garé autrefois notre voiture qui ne payait pas de mine – cela faisait bizarre d'être sur le pont et de voir le débarcadère –, ensuite nous avons traversé le fjord principal pour rejoindre Vangnes avant de repartir pour Balestrand. Là, j'ai fait les cent pas sur la pointe près de l'hôtel de Kvikne à attendre le bateau express en provenance de Bergen. Ce dernier est arrivé avec trente minutes de retard sur l'horaire et, en montant à bord, j'ai eu la surprise de découvrir que le nom du bateau était *M/S Solundir* !

J'ai tressailli. Comment ne pas penser à toi ? Depuis qu'on s'était dit au revoir sur le vieux quai, deux jours auparavant, tu occupais toutes mes pensées. Et ce seul nom a fait ressurgir les souvenirs de l'été que nous avions passé sur les îles au large de Solund, pour rendre visite à ta grand-mère. Elle s'appelait Randi, je crois, Randi Hjønnevåg.

Au-delà de ces souvenirs, j'ai envie de dire que j'accédais à un autre état de conscience. J'étais submergé par une foule d'images, d'impressions et de moments forts du temps où, à peine âgés d'une vingtaine d'années, nous étions face à l'océan. C'étaient comme des bouts de films, des épisodes que je ne me souvenais pas d'avoir filmés, et pas juste des films muets, car j'entendais ta voix, tes éclats de rire et tes paroles. J'entendais aussi le souffle de la brise et les cris des oiseaux de mer, et je crois même avoir respiré le parfum de tes longs cheveux sombres. Une odeur de mer et de varech. Mon cerveau ne fonctionnait pas comme d'habitude, on aurait dit un geyser de félicité refoulée qui surgissait en moi et m'entraînait dans ce passé qui a été le nôtre.

D'abord je te rencontre dans ce vieil hôtel en bois après plus de trente ans de séparation, et, quand j'en repars, c'est à bord d'un bateau qui porte le nom de la modeste commune de l'île dont ta famille maternelle est originaire ! Tous les deux, nous parlions surtout d'Ytre Sola, où vivait ta grand-mère. Mais, quand même, Solrun et Solundir ! Avoue qu'il y a de quoi être troublé.

Il faut cependant résister à la tentation de tirer des conclusions d'ordre occulte de ce genre de hasards. Le nom du bateau venait tout simplement d'une commune côtière de la région où je me trouvais. Inutile de chercher plus loin. Je me suis donc calmé, mais sur le pont je n'ai pu m'empêcher de garder le sourire aux lèvres.

Mais toi, comment vois-tu les choses ?

Je suis justement là-bas à l'heure où je t'écris. À Solund. De la vieille maison de Kolgrov, je regarde les récifs et l'archipel. La seule chose qui me bouche un peu la vue, ce sont des jambes d'homme. Car Niels Petter est monté sur une échelle en aluminium pour repeindre le cadre des volets à l'étage juste au-dessus de moi.

Lorsque toi et moi nous sommes redescendus du Fjellstølen ce mercredi-là, mon mari a insisté pour partir le plus vite possible, car il fallait absolument rentrer à Bergen à temps, pas question de rater le journal télévisé, a-t-il asséné.

Le temps de traverser la vallée de Bøyadalen et de prendre le tunnel près du glacier, il était déjà quinze heures. En sortant du tunnel, nous avons vu le brouillard se lever et le soleil percer tandis que nous longions le lac de Jølstravatnet. Le brouillard, c'est la seule chose que Niels Petter ait commentée avant que nous arrivions à Førde.

– Ça se lève, a-t-il dit.

Nous étions en train de contourner le lac à la hauteur de Skei. J'ai essayé d'engager la conversation, mais il n'a pas daigné répondre. Par la suite, je me suis demandé si son unique réplique était un commentaire de nature purement météorologique ou s'il ne parlait pas plutôt de son humeur que du brouillard.

En repartant de Førde vers le sud, il s'est tourné vers moi et m'a soudain dit que ça faisait beaucoup de route pour une seule journée et il a proposé qu'on passe une nuit dans la maison léguée par ma famille maternelle, celle que nous appelons simplement notre « maison de vacances ». L'idée de départ avait été de rentrer directement à Bergen, compte tenu de son emploi du temps chargé le lendemain, mais cette dernière suggestion était sa façon à lui d'aller vers moi et de se faire pardonner d'avoir boudé pendant une bonne partie du trajet en voiture. C'est donc ce que nous avons fait. De la baie de Rysjedalsvika, on a traversé le fjord jusqu'à Rutledal et, de là, on a roulé jusqu'à l'archipel de Solund. Nous avons eu une journée radieuse face à l'océan, tandis que toi tu inaugurais ce Centre de climatologie. Il va sans dire que mes pensées se sont souvent envolées vers toi et je t'ai ainsi envoyé des souvenirs, des instantanés, des moments volés passés ensemble. Dans les jours qui ont suivi, j'ai continué à t'envoyer en pensée certains souvenirs plus intenses que d'autres, dans l'espoir que certains arrivent jusqu'à toi sous forme de « bouts de films » que tu ne te rappelais pas avoir filmés...

Nous sommes finalement rentrés tard à la maison jeudi soir, et tôt le vendredi matin je suis descendue au Strandkai pour voir partir le ferry *M/S Solundir*. Il quitte Bergen à huit heures. Je savais que tu partirais de Balestrand dans la matinée, tu me l'avais dit, et comme j'étais réveillée tôt, j'en ai profité pour descendre de Skansen et aller au débarcadère en passant par le marché aux poissons. C'était une façon de te souhaiter bon voyage, Steinn, pour te dire encore une fois au revoir. Quelque chose sans doute d'irrationnel, mais j'ai éprouvé le besoin de le faire. Et tu vois bien que mes pensées sont arrivées jusqu'à toi ! Je trouvais amusant le fait que tu embarques à bord du *Solundir* et j'étais sûre que tu ne pourrais t'empêcher de penser à moi et à notre été en amoureux là-bas.

Le bateau ne porte pas mon nom. Mais comme tu le dis toi-même, ce nom est celui de ce chapelet d'îles au large, à l'ouest de l'embouchure du Sognefjord, où je suis restée presque toute la journée précédente. Et me voilà à t'écrire, le regard perdu au loin, vers la mer. Par bonheur, il n'y a plus de jambes pour me boucher l'horizon, cela gâchait le paysage et perturbait un peu mes réflexions...

Solundir est tout simplement le pluriel en norrois de *Solund*. *Sol* signifie « pin » et *-und* veut dire « doté de ». L'archipel de Solund compte donc une centaine d'îlots dotés de pins. Ce qui recouvre en réalité une description géologique : « *Avec ses pins, battus par la tempête, se dressant au-dessus de la mer...* », comme le dit notre hymne national.

Te souviens-tu de nos courses et de nos jeux de cache-cache dans ces rochers aux formes psychédéliques, composés d'un conglomérat multicolore ? On passait des heures à ramasser les cailloux détachés de ces blocs de sculpture. Toi, tu collectionnais ceux en marbre, et moi les rouges. Ils sont tous encore ici et ils continuent de briller, les tiens comme les miens, puisque je m'en sers pour mes plates-bandes.

Il est vrai que ma grand-mère s'appelait Randi. Cela me rend toute triste que tu l'évoques car vous vous entendiez si bien tous les deux. Je me rappelle que tu as un jour parlé d'elle comme la personne la plus chaleureuse et la plus merveilleuse que tu aies jamais rencontrée. Elle, de son côté, se contentait d'arpenter son modeste jardin en chantonnant tout bas : « Ah, ce Steinn ! » Oui, ce Steinn-là avait su toucher une corde sensible chez elle.

Comme tu sais, ma mère a également grandi ici, dans ce qui constitue de nos jours le village le plus à l'ouest du pays. Son nom de jeune fille était Hjønnevåg – dire que tu t'en es souvenu ! – et lorsque mes parents m'ont appelée Solrun, ce n'était pas le premier prénom qui leur est venu à l'esprit, mais clairement une façon de renouer avec cet arrière-plan familial.

On est là tous les quatre en famille, avant que l'école et le quotidien ne reprennent leurs droits dans quelques jours. Dire qu'Ingrid est devenue une étudiante ! Le vent s'est calmé, ce qui est assez rare, ici au large, pour être souligné, et hier, nous avons même pu faire un barbecue dans le jardin.

Le monde n'est pas une mosaïque de hasards, Steinn. Tout se tient.

Je suis heureux que tu m'aies déjà répondu. Cela veut dire que tu ne m'en veux pas trop pour mes propos de tout à l'heure.

C'est drôle de penser que tu te trouves là-bas en ce moment. D'une certaine façon, j'y suis un peu moi aussi puisque nous nous envoyons des mails. Je crois effectivement que deux personnes peuvent être très proches l'une de l'autre même si elles sont séparées par une grande distance physique. Vu sous cet angle, je te rejoins dans l'idée que, dans le monde, tout se tient.

Cela me touche beaucoup que tu sois descendue au Strandkai ce matin-là pour me souhaiter, en pensée, un bon voyage sur le bateau express. Je t'imagine très bien dévaler les marches de Skansen – tiens, ça me fait penser à un film espagnol. Si je ne l'ai pas encore fait, sache en tout cas que j'ai bien accusé réception de tes pensées.

Mais sur la route qui grimpe à travers la vallée de Mundal, tu m'as dit une fois que tu rejetais tous les « phénomènes prétendument surnaturels ». Tu ne croyais même pas à la télépathie, m'as-tu précisé, ni à aucune forme de vision ou de clairvoyance. Ces mots, tu les as prononcés, après que je t'avais justement donné plusieurs exemples probants de ce genre de manifestations. Il faudrait peut-être que tu apprennes à te servir de tes antennes, pour au moins accepter l'idée que, parfois, tu « reçois » ce que tu prends pour tes propres intuitions.

Mais tu n'es pas le seul dans ce cas, Steinn. Il règne à notre époque un grand aveuglement psychique, doublé d'une grande misère spirituelle.

Pour ma part, je suis si naïve que je suis tout bonnement incapable de considérer nos retrouvailles comme une simple coïncidence qu'on balaie du revers de la main. J'y vois une sorte de régie. Ne me demande pas comment ou pourquoi, je serais bien en peine de te répondre. Mais ne pas comprendre, ce n'est pas la même chose que de fermer les yeux. Œdipe, lui non plus, n'a pas vu qu'il n'était qu'une marionnette entre les mains du destin et, quand il s'en est rendu compte, il en a éprouvé tant de honte qu'il s'est crevé les yeux, alors qu'en réalité il avait été aveugle dès le commencement.

Ça devient une vraie partie de ping-pong. Et si on s'envoyait des mails tout l'après-midi ? J'aurai ainsi moi aussi l'impression d'être un peu avec toi à Solund, en cet après-midi d'été. Qu'en dis-tu ?

Pourquoi pas ? C'est déjà ce que nous sommes en train de faire. Je suis en vacances et dans cette maison il existe une loi tacite stipulant qu'en vacances « chacun fait ce qu'il lui plaît ». La seule règle est de prendre ses repas ensemble. Sauf le petit déjeuner bien sûr, chacun se prépare le sien quand il est réveillé. Mais nous avons pris notre déjeuner il n'y a pas si longtemps, je n'ai donc aucune obligation avant le dîner plus tard dans la soirée. S'il n'y a pas trop de vent, nous ferons peut-être encore un barbecue aujourd'hui.

Et toi ? Où m'emmènes-tu cet après-midi ?

Je ne peux malheureusement rien te proposer qui soit à la hauteur du cadre qui t'entoure. Je me trouve dans un bureau quelconque de l'université de Blindern et je vais rester ici jusqu'à ce que j'aille retrouver Berit à Majorstuen vers dix-neuf heures. Nous devons aller à Bærum rendre visite à son père qui, malgré son grand âge, a gardé toute sa tête et se montre même très spirituel. Nous avons donc quelques heures devant nous.

N'oublie pas que j'ai étudié cinq ans à Blindern. Ah, ces années, Steinn… Cela me fait tout drôle quand j'y repense.

Je crois qu'à l'époque tu n'imaginais pas une seconde que tu deviendrais un jour professeur à l'université d'Oslo ! Ton ambition n'était-elle pas de devenir professeur de lycée ?

Après ton départ, je me suis retrouvé avec du temps dont je n'ai su que faire, alors j'ai passé un doctorat et demandé une bourse de recherches. Mais ne brûlons pas les étapes. J'ai surtout envie de savoir ce que tu es devenue et qui tu es aujourd'hui.

Eh bien, c'est moi qui suis devenue professeur de lycée, et, de fait, je ne l'ai jamais regretté. Je considère que c'est un privilège de gagner sa vie en passant chaque jour quelques heures en compagnie de jeunes gens motivés, et qui plus est, dans un contexte professionnel intéressant. Ce n'est pas qu'un cliché de dire que l'on apprend tant que l'on a des élèves. Dans mes classes, il y a toujours eu une tête blonde et frisée pour me faire penser à toi et à nous deux à la même époque. Une année, il y a même eu quelqu'un qui te ressemblait vraiment, il avait aussi presque ta voix.

Mais c'est toi qui as la parole. J'ai dû t'écrire que nos retrouvailles sur la terrasse de l'hôtel n'étaient pas, selon moi, une pure et simple coïncidence…

Nous en étions là, en effet. Mais des mots tels que « coïncidence » indiquent précisément un phénomène qui, d'un point de vue statistique, est peu vraisemblable. J'ai calculé un jour que la probabilité d'obtenir une série de douze six avec un seul dé, j'entends par là un six douze fois à la suite, est de un sur deux milliards. Cela ne veut pas dire que quelqu'un n'ait jamais réussi à obtenir douze fois de suite le même chiffre en jetant un dé. Il y a quelques milliards de gens sur cette planète et on joue quasiment partout avec des dés. Pour un cas aussi exceptionnel, on parle de « coup de chance phénoménal » ou d'une probabilité de grandeur astronomique. Dans ce genre de situation, beaucoup de gens se mettent à rire de manière hystérique, car, statistiquement, on devrait jeter le dé pendant des milliers d'années pour avoir un minimum de chances de réussir une suite de douze six, bien que cela puisse aussi arriver de manière spontanée, en l'espace de quelques secondes. N'y a-t-il pas là quelque chose d'extraordinaire ?

La probabilité de tomber sur toi là-bas était vraiment infime, ce qui explique que j'ai été bouleversé de te voir. Je n'hésite pas à qualifier cette rencontre de « heureux hasard ». Mais pour moi, il n'y a rien de « surnaturel » là-dedans.

En es-tu si sûr que ça ?

Oui, presque sûr. Du reste, j'ai la certitude qu'il n'existe pas de destin, de volonté ou de force mentale capables de déterminer, par exemple, le jeu de dés. On peut toujours tricher, trafiquer les dés, on peut aussi avoir une mémoire défaillante, transformer les faits. Les événements physiques, eux, ne se laissent pas, en réalité, manipuler. Ni par le destin, par la providence divine ou par des pseudo-phénomènes décrits par certains comme de la « psychokinesthésie ».

As-tu jamais entendu parler de quelqu'un qui aurait gagné une fortune à la roulette parce qu'il aurait été capable de décider ou de prévoir exactement sur quel chiffre la boule allait s'arrêter ? Il suffirait d'avoir le don d'une vision portant sur les prochaines secondes pour s'assurer des millions. Mais personne ne possède un tel don. Personne ! C'est pourquoi on ne trouve pas affichée à l'entrée des casinos une interdiction d'accès à ceux qui prétendent lire dans les pensées et autres voyants ou médiums. Ce n'est pas la peine de leur interdire quoi que ce soit !

Dans les jeux de hasard comme dans la vie ordinaire, nous devons tenir compte d'un autre facteur. Le coup de chance le plus exceptionnel du monde a, dans nos cultures actuelles, une tendance naturelle à marquer les esprits et à être soigneusement consigné. Les anecdotes fleurissent qui rapportent ces événements remarquables dans le seul but de faire accroire que presque partout des « forces » invisibles gouvernent notre vie.

Il est absolument indispensable de comprendre ce mécanisme. La sélection elle-même des « lots gagnants » qu'on se rappelle et qu'on transmet peut faire penser à la théorie de Darwin sur la sélection naturelle. La seule différence dans notre cas est que nous parlons d'une sélection *artificielle*. C'est ainsi que surgissent, malheureusement, des idées fausses. Car on a vite fait de trouver des liens entre des choses ou des événements qui n'ont rien à voir les uns avec les autres. Sans doute est-ce propre à l'être humain. Contrairement aux animaux, nous cherchons souvent à trouver une raison cachée, par exemple le signe d'une destinée, d'une providence ou de tout autre principe directeur, alors même qu'il n'y a rien à chercher.

Je répète donc que nos retrouvailles là-haut en cette journée d'été relèvent simplement d'un heureux fait du hasard. La probabilité en était infime – aucun de nous n'y étant retourné depuis la dernière fois – mais quand bien même cette probabilité était infinitésimale, cela ne nous autorise en aucune façon à y voir autre chose qu'une extraordinaire coïncidence.

Il serait facile de rassembler dans un gros volume quelques exemples de coïncidences les plus frappantes de l'Histoire – les « lots gagnants » en quelque sorte –, mais il faudrait des milliers de milliards de volumes pour consigner tous les lots perdants ! Nous n'aurions même pas assez de forêts pour fabriquer ces livres. Et qu'en ferions-nous ?

À titre d'exception, je vais malgré tout concentrer mon attention sur un seul lot perdant, car je te pose la question suivante : as-tu jamais lu dans le journal l'interview de quelqu'un qui *n'*avait *pas* gagné au Loto ?

Tu n'as pas changé. Au fond, c'est tout aussi bien, Steinn. Ton entêtement a quelque chose de frais et de juvénile.

Mais ton aveuglement t'égare. Peut-être as-tu à la fois une vue étroite et l'esprit terre à terre.

Te rappelles-tu ce tableau de Magritte représentant un gros rocher en suspension qui flotte au-dessus d'un paysage et qui, si je ne me trompe, a un petit château à son sommet ? Je suis sûre que tu n'as pas oublié cette peinture.

Si tu étais aujourd'hui le témoin d'une scène pareille, tu réussirais certainement à trouver toutes sortes d'explications plausibles. Que ce n'est qu'une mise en scène, par exemple. Que la pierre est creuse et remplie d'hélium. Ou encore qu'elle est suspendue par tout un système ingénieux de poulies et de cordages invisibles.

Je suis, quant à moi, une âme beaucoup plus simple. Je lèverais simplement les bras au ciel et chanterais un « Alléluia » ou réciterais un « Amen ».

Tu m'as écrit dans ton premier mail : « C'est la coutume de dire : je ne le croirai qu'après l'avoir vu de mes propres yeux. Mais je ne suis pas sûr que cela suffise… »

Je dois t'avouer que cette déclaration me rend songeuse. À mes oreilles, ça sonne en effet tout sauf empirique de ne pas attacher la moindre valeur à ses impressions sensorielles. Cela sonne, pour ainsi dire, un peu obscurantiste…

Si les sens racontaient quelque chose en contradiction avec Aristote, c'était les sens qui avaient tort, et quand les observations de la trajectoire des corps célestes ne correspondaient pas à l'image géocentrique du monde, on introduisait d'un coup de baguette magique des prétendus « épicycles » pour expliquer ce que l'on voyait réellement. Les serviteurs de l'Église et l'Inquisition pratiquaient du reste l'autocensure en ce qu'ils refusaient de regarder dans la lunette de Galilée. Mais tu sais déjà tout cela…

As-tu déjà songé à ça : tous les deux, nous avons bel et bien observé quelque chose comme un énorme bloc rocheux suspendu au-dessus de la mousse et de la bruyère. Un miracle ! Un miracle suspendu au-dessus de ce monde ! Et j'ajoute : nous avons observé exactement la même chose, et tu le sais aussi bien que moi.

Ah bon ?

Je suis formelle, oui. Mais pour revenir à notre rencontre là-haut, nous pouvons peut-être trouver une explication plus simple…

Comment ça ?

Peut-être que ce « coup de bol » était quelque chose qui relève tout simplement de la télépathie. Encore que cela ne te fasse ni chaud ni froid puisque, de toute façon, tu ne « crois » pas non plus en la transmission de pensée.

En revanche, tu crois en la pesanteur. Mais peux-tu seulement l'expliquer ?

Tu devrais peut-être me laisser une chance et, au moins, jeter un coup d'œil dans ma lunette de Galilée ?

Je ne peux pas t'expliquer la pesanteur. Elle existe, c'est tout. Et je n'ai rien contre le fait d'essayer de voir le monde à travers ta lunette de Galilée. Quand bien même tu en aurais une douzaine, je regarderais à travers chacune d'entre elles. Tends-moi donc d'abord la première.

Niels Petter et moi sommes partis là-haut sur un coup de tête. C'est moi, j'en suis sûre, qui ai proposé qu'on passe une journée à Fjærland pour visiter le village du Livre et le musée du Glacier. Nous revenions de la côte est et étions sur le chemin du retour vers Bergen quand j'ai eu une impérieuse envie de faire ce petit crochet. Cela devait être possible après tant d'années, ai-je pensé, même si je savais que cela pourrait aussi être douloureux. Cela m'a pris tout d'un coup. Cette idée s'est vraiment imposée à moi.

De ton côté, ta décision a anticipé la mienne. Ce qui veut dire que, dans ce cas précis, tu as dû être l'expéditeur et moi la destinataire. Quoi d'étonnant à ce que tu m'envoies une pensée liée au fait que tu reviennes pour la première fois dans ce vieil hôtel en bois où nous avions séjourné ensemble ? Le problème, c'est que l'on ne ressent rien du tout, que l'on soit dans la position de celui qui envoie ou dans celle de celui qui reçoit. Mais la tête n'éprouve pas de sensations particulières non plus quand l'esprit réfléchit. La pensée de quelque chose de terrible, de violent ou de triste ne provoque pas de grincements, de secousses ou d'étincelles dans ta tête, parce que les pensées ont l'habitude de se dissocier des phénomènes corporels.

L'explication la plus simple pour le fait qu'on s'est retrouvés soudain tous les deux, au même moment, dans ce lieu qui, dans nos vies, correspond à l'endroit du monde où se mêlent le bonheur mais aussi le désarroi le plus extrême, c'est la télépathie. Tes explications ou plus exactement tes dénégations sont plus compliquées, et tes statistiques sont vraiment tirées par les cheveux.

À t'entendre, d'un point de vue de pure probabilité, nos retrouvailles sur la terrasse seraient aussi incroyables que si nous étions chacun sur une rive à nous tirer dessus avec un fusil et que les deux balles s'étaient rejointes à mi-distance pour ne plus faire qu'une seule et sombrer au fond du fjord. Voilà qui aurait été surnaturel ! Ou, en tout cas, c'eût été une précision qui aurait tenu du miracle. Je trouve beaucoup plus facile de concevoir que deux âmes qui autrefois ont été très proches l'une de l'autre ont la faculté de communiquer à distance quand il s'agit de quelque chose qui les implique profondément sur le plan émotionnel. Tu m'as envoyé un signal comme quoi tu pensais retourner là-bas, et j'ai reçu ce signal. Alors je suis venue, moi aussi.

La télépathie, donc. Ce phénomène bien connu auquel je recours pour expliquer ce que tu qualifies de « coup de bol », a, dès les années trente, avec des pionniers tels que le couple Rhine à l'université de Duke en Caroline du Nord, fait l'objet de nombreuses recherches expérimentales dans le monde entier. Si ça t'intéresse, je t'enverrai quelques références, j'en ai toute une bibliographie.

J'ai entendu dire que la mécanique quantique nous a montré comment tout, jusqu'à la moindre particule, se tient dans l'univers, c'est bien ça ?

Sache qu'avec l'aide de quelques collègues, j'ai récemment étudié les rudiments de la physique quantique. En effet, j'ai suivi à l'école un cours du soir interdisciplinaire pendant un an. Le groupe de participants s'est vu appelé *In vino veritas*, ce qui en dit long sur le côté informel de ces réunions. Cela dit, après avoir passé plusieurs soirées en compagnie de physiciens et de biologistes, je n'ai pas l'impression que la physique moderne ait rendu le monde moins mystérieux qu'au temps de Platon. Mais corrige-moi, Steinn, si tu penses que je me trompe.

Si deux particules, par exemple deux photons, ont une origine commune ou un même point de départ, avant de se séparer et de s'éloigner à grande vitesse l'une de l'autre, ces deux particules vont malgré tout rester comme une entité. Même si elles sont envoyées dans l'espace, chacune dans une direction, et se retrouvent séparées par des années-lumière, elles resteront imprégnées l'une de l'autre, car chacune des particules emportera avec elle des données et des qualités de l'autre, et l'une des « particules jumelles » sera marquée par ce qui arrivera à l'autre. Il ne s'agit bien sûr pas de communication, mais de « lien » ou de ce qui est appelé la « non-localisation ». Sur le plan quantique, le monde est en effet « non localisé ». Ce phénomène est étrange et, peut-être, tout aussi incompréhensible que la pesanteur. Si Einstein le réfute, c'est parce qu'il le perçoit comme étant une provocation contre la raison. Mais après Einstein, des expériences en confirmeront l'existence.

Nous ne parlons pas maintenant de télépathie mais de téléphysique, bien que le contact de deux esprits éloignés l'un de l'autre me paraisse infiniment plus important pour l'être humain que la mécanique quantique – tout simplement parce que ici, ces deux esprits, c'est toi et moi. Lève les yeux vers les étoiles et les galaxies. Regarde le passage des comètes et des astéroïdes, et ris donc, laisse-toi aller ! Ces corps célestes sont peut-être majestueux, mais c'est nous deux qui sommes des êtres vivants au sein de cet univers! Que peuvent faire les comètes et les astéroïdes? Que sont-ils en mesure de percevoir de tout cela? Ont-ils seulement conscience d'eux-mêmes?

Si j'avais été superstitieuse, j'aurais dit que les photons ont une conscience et qu'ils communiquent entre eux par transmission de pensée, mais je ne le crois pas. Je crois que nous autres humains sommes, à cet égard, dans une situation privilégiée. Nous seuls sommes des esprits dans le théâtre de cet univers!

Steinn! Pendant que tu lis cette phrase, des milliards de neutrinos bombardent ton cerveau, ils viennent du Soleil, ils viennent d'autres étoiles dans la Voie lactée et ils viennent d'autres galaxies dans l'univers. Eux aussi sont, à leur façon, l'expression de l'absence de référentiel absolu dans l'univers.

Un autre paradoxe, c'est que les particules de mécanique quantique se comportent tantôt comme des ondes et tantôt comme des particules. Les expériences ont montré qu'un électron – une petite particule – est capable de traverser plusieurs fois une cavité. C'est aussi surprenant que d'imaginer une seule balle de tennis pouvant, en même temps, traverser deux trous différents dans le grillage d'un court de tennis.

Je ne te demande ni de comprendre ni de m'expliquer comment quelque chose peut être à la fois onde et particule, ou tantôt l'une tantôt l'autre. Je te demande seulement d'accepter le monde tel qu'il est. Et si les lois de la physique sont une énigme à nos yeux, eh bien tant pis. Nous pouvons nous plaindre de ne pas être capables de tout expliquer entre ciel et terre, cela pourrait même constituer un assez bon exercice matinal pour les poètes en herbe – j'entends par là d'écrire un casse-tête aux accents élégiaques pour déplorer notre incompétence face à l'univers mystérieux qui nous entoure – mais, jusqu'à nouvel ordre, nous ne pouvons que nous incliner.

Au stade où nous sommes, il est peut-être impossible d'expliquer à l'aide des mathématiques ou de la physique que je puisse, plus ou moins consciemment, recevoir une pensée que tu m'as adressée. Mais je ne vois pas pourquoi ce serait plus difficile à accepter que les idées communément admises de la physique quantique !

Comme le mathématicien et astrophysicien britannique James Jeans l'a déclaré un jour : « L'univers commence à ressembler davantage à une grande pensée qu'à une grande machine. »

Je viens de recevoir le tout dernier rapport sur la situation climatique mondiale et il est encore plus alarmant que nous l'imaginions. J'ai été en contact avec quelques journalistes excités qui veulent à tout prix avoir un commentaire de ma part. Il faut dire que les médias ont créé une véritable hystérie autour de ces questions. Aussi vais-je devoir interrompre pour un moment notre entretien, mais je n'en ai pas pour tout l'après-midi et je reviendrai vers toi dès que j'aurai terminé. Je tiens seulement à t'assurer que je respecte tes convictions. Peu importe d'ailleurs où nous plaçons notre foi, une chose est sûre : je t'estime, en tant qu'être humain, au plus haut point. Pardonne-moi seulement de ne pas croire en ces soi-disant « phénomènes supranaturels ».

Bon. Mais tu n'es pas le seul dans ce cas. Il fut pourtant un temps où je te connaissais bien…

J'ai maintenant envie de te parler un peu de la Femme aux airelles sauvages. Je devine d'ici tes réticences, mais écoute-moi.

Autrefois, à cause d'elle, tu as pleuré, sangloté comme un enfant, et j'ai dû te bercer pour te calmer. Et que s'est-il passé plus de trente ans après, quand nous sommes revenus là-haut ?

Tu m'écris que tu ne crois pas en l'intervention de forces occultes dans nos vies. Mais, là-haut, tu t'es mis à trembler de tout ton corps, lorsque nous nous sommes à nouveau arrêtés devant le bosquet de bouleaux. Et le corps ne ment pas.

En se rapprochant de l'endroit, tu m'as soudain pris la main. Autrefois, nous nous promenions souvent main dans la main, mais je n'en revenais pas que tu me la prennes à cet instant. J'ai compris que tu avais besoin de t'appuyer sur moi, car arrivé là-haut près des bouleaux, tu n'en menais pas large. Tu ressentais une peur pour quelque chose qui n'est pas de ce monde.

Tu as un gros poing, Steinn. Mais comme il tremblait !

Moi aussi, j'étais saisie par la gravité de cet instant, mais je ressentais une plus grande assurance intérieure, peut-être parce que je me suis déjà en quelque sorte familiarisée avec la face cachée des choses. Pour moi, le « paranormal » n'a rien d'anormal. Je m'étais préparée à l'éventualité que cette femme se matérialise une nouvelle fois. Encore que le terme « se matérialiser » soit inapproprié. Même un appareil photo n'aurait pas pu la saisir. Elle était ce que nous appelons une « apparition ». L'histoire de l'humanité et la parapsychologie fourmillent de rapports de tels phénomènes, c'est-à-dire de récits où une personne s'est manifestée devant quelqu'un d'autre, même si ces deux personnes se trouvaient, dans le monde physique, à des milliers de kilomètres l'une de l'autre. La littérature regorge de récits de gens qui ont reçu un message d'une personne, non pas décédée récemment, mais

« ressuscitée ». Jésus en est bien sûr l'exemple le plus connu. Nous vivons aujourd'hui dans une culture très matérialiste qui a presque coupé tous les liens avec le monde spirituel – pour ne pas parler de l'au-delà. Mais lis Shakespeare, lis les sagas islandaises, jette un nouveau coup d'œil à la Bible et à Homère. Ou bien écoute ce que les différentes cultures racontent sur leurs chamanes et leurs ancêtres.

Sais-tu ce que je crois ? Que cette apparition, avant tout, avait pour but de nous « consoler ». J'ai repensé un nombre incalculable de fois à un détail dans ce que tu as appelé son « sketch ». Son regard n'exprimait pas le moindre reproche ou la moindre haine. Au contraire, ses yeux étaient pleins de bienveillance. Elle souriait. Elle était déjà passée de l'autre côté, là où la haine n'existe pas. Car là où il n'y a pas de matière, il n'y a pas non plus de haine.

À cette époque, ce fut malgré tout une expérience très troublante pour tous les deux – oui, pour moi aussi. Nous étions morts de peur, sentiment que nous avions déjà éprouvé une semaine plus tôt. Si elle s'était manifestée à nouveau, nous l'aurions cette fois accueillie à bras ouverts, je crois.

Mais elle ne s'est pas remontrée…

La mort, ça n'existe pas, Steinn. Et les morts non plus.

II

Me revoilà. Tu es toujours devant ton écran ?

Je faisais les cent pas à côté. Que disait ce nouveau rapport ?

Il est assez alarmant et montre que les conclusions des débats de l'ONU sur le climat ont été jusqu'ici beaucoup trop prudentes. Elles n'ont pas assez tenu compte de ce que l'on appelle les mécanismes de redondance. Pour faire court, disons que ces derniers stipulent que plus il fait chaud, plus il fera chaud. Quand la neige et la glace de l'Arctique fondent, la lumière du Soleil se reflète moins et la Terre, prise comme un tout, se réchauffe davantage. Cela fait fondre le permafrost et libère des gaz climatiques tels que le méthane. Plusieurs mécanismes viennent encore renforcer cet effet et nous approchons à pas de géant de l'instant où tout risque de basculer, où il sera trop tard pour faire marche arrière et où la catastrophe globale sera inéluctable. Il n'y a pas si longtemps, la plupart d'entre nous pensions qu'il faudrait attendre cinq cents ans avant que la banquise arctique fonde entièrement en été. Nous constatons à présent que le processus s'est accéléré, c'est désormais une question de quelques décennies. La fonte de la banquise dans le Nord provoque, en outre, la fonte des glaciers en Asie, en Afrique et en Amérique du Sud : ces importantes réserves d'eau se réduisant, les lits des fleuves restent à sec pendant une partie de l'année, ce qui a naturellement des conséquences sur l'approvisionnement en eau potable pour des millions d'êtres humains. Mais il n'y a pas que les êtres humains qui soient vulnérables. Le rapport indique que quasiment 50 % des espèces végétales et animales sont menacées.

Que faisons-nous de notre planète ? Telle est la question. Nous n'en avons pas d'autre en rechange et nous devons la partager avec ceux qui vivront après nous.

Mais pour l'instant, on n'est que tous les deux. Tu veux que je continue ?

Oui, continue. Je fais juste un tour dans le salon pour ranger quelques revues et magazines et je reviens dès que j'entends le signal de ma messagerie.

Je me souviens évidemment très bien du tableau de Magritte. Nous l'avions en poster, magnifique, dans notre chambre à coucher et je l'ai retrouvé sur Internet. Il a pour titre *Le Château des Pyrénées* et représente un monde qui flotte librement. C'est en tout cas l'interprétation que toi et moi en faisions. Nous étions des agnostiques, réfutant le raisonnement éculé comme quoi tout doit avoir une cause, donc il doit y avoir un « Dieu » qui a créé le monde. Il nous arrivait aussi de discuter pour savoir s'il y avait une instance à l'origine ou derrière ce que nous appelons l'univers. Mais aucun de nous ne croyait à une forme de « révélation » de forces supérieures. En revanche, nous étions en permanence stupéfaits du fait que le monde et nous-mêmes existions.

Je n'ai guère changé de position, Solrun. Jamais je ne tiendrai comme allant de soi que le monde existe. Ce qui a bougé là-haut dans le massif de bouleaux restera, tout compte fait, un mystère bien moindre, pour ne pas dire marginal, si tu veux mon avis. Les artistes de cirque et le théâtre de variétés n'arriveront jamais à me fasciner autant que la steppe et les forêts tropicales, les milliards de galaxies dans l'univers et les milliards d'années-lumière qui les séparent.

Comme toi à l'époque, le monde en tant qu'énigme m'intéresse davantage que les « énigmes » qui existent de par le monde. En un mot, je suis plus intéressé par la « nature » que par le « surnaturel ». Les profondeurs de notre cerveau m'interpellent davantage que toutes les anecdotes relatant des manifestations « suprasensibles ».

Je ne crois pas non plus que l'on puisse transposer les paradoxes de la physique quantique à la physique sur une plus grande échelle et à des phénomènes « spirituels » tels que la télépathie entre les mammifères les plus évolués. Mais qu'il existe des mammifères très évolués et que j'en fasse partie, voilà qui n'a de cesse de me fasciner. Oui, tu pourras chercher longtemps avant de trouver quelqu'un de plus ébahi que moi d'être au monde. C'est une affirmation présomptueuse, mais je l'assume. C'est pourquoi m'accuser d'avoir l'esprit étroit est injuste.

Mais qu'est-ce que tu deviens ? Quel chemin as-tu pris ?

Tu écris que tu as désormais la certitude de l'au-delà et tu proclames que la mort n'existe pas. Mais as-tu conservé ton aptitude à célébrer la vie à chaque seconde, ici et maintenant ? Ou bien ton regard tourné vers l'au-delà a-t-il fini par occulter complètement ce monde-ci ?

Peux-tu encore ressentir une « tristesse infinie » à la pensée que la vie est « si courte, si courte » ? Ce sont tes propres mots, il y a bien longtemps. As-tu encore les larmes aux yeux à la seule évocation de termes tels que « vieillesse » et « durée de vie » ? T'arrive-t-il encore d'éclater en sanglots devant un coucher de soleil ? Sans prévenir, tu ouvrais parfois de grands yeux et tu t'exclamais avec frayeur : « Tu te rends compte, un jour nous disparaîtrons, Steinn ! » Ou encore : « Un jour, nous ne serons plus ! »

Tous les jeunes de vingt ans n'ont pas cette capacité à se représenter leur propre disparition de la surface de cette Terre, en tout cas pas avec l'intensité dont tu faisais preuve alors. Mais lorsque nous vivions ensemble nous nous référions presque quotidiennement à cette éventualité. N'est-ce pas pour cette raison que nous nous jetions à corps perdu dans la vie ? Petit à petit, je n'ai plus eu besoin de te demander pourquoi les larmes te montaient aux yeux. Je savais pourquoi, et tu savais que je savais. Je te proposais alors de faire une escapade en forêt ou en montagne. On en a fait, des balades de ce genre, à vertu consolatrice, dans la nature. Tu adorais te retrouver dans des paysages sauvages. Mais ton amour envers ce que tu appelais parfois la « nature comme un tout » était d'une certaine façon comme un amour non réciproque, car tu savais pertinemment qu'un jour ce que tu aimais plus que tout te trahirait et qu'en dernière instance, tu te retrouverais seule.

C'était comme ça. Tu passais des rires aux larmes. Sous une fine couche de joie de vivre, un peu exagérée, pointait toujours une tristesse. Moi aussi. Nous étions deux. Mais je crois que ton chagrin était plus profond que le mien. Ton enthousiasme et ton ravissement aussi.

Que dire de la Femme aux airelles ? Je vais essayer de ne pas me défiler et reconnaître que, cette fois-là, j'ai complètement craqué. La ressemblance était si frappante. Comment avait-elle réussi à nous suivre ?

Mais quand ma main a récemment encore tremblé, c'était la vie elle-même qui frémissait. Trente ans s'étaient écoulés, et de remarcher dans nos pas m'a fait ressentir avec une force inouïe ce que signifie la vraie jeunesse et qui nous étions alors, toi et moi. Puis il s'est passé quelque chose près du massif de bouleaux, quelque chose d'inachevé, qui nous a arrachés l'un à l'autre.

Cela est certainement dû au fait que je t'ai pris la main et que nous allions repasser devant ce massif de bouleaux. Je me souviens de notre état de choc, trente ans plus tôt, de notre effroi, et j'avoue humblement que j'ai eu à ce moment-là comme un frisson. Ce n'était pas par peur de revoir un fantôme, mais plutôt de crainte d'être rattrapé par sa propre folie – ou par celle de l'autre. C'est contagieux, la crainte. Tout comme la folie.

Tu n'as jamais été la même après ce qui s'est passé autrefois. Dans les semaines qui ont suivi, il m'est même arrivé d'avoir peur de me retrouver dans la même pièce que toi. J'ai espéré que tu redeviendrais toi-même, mais tu as préféré faire tes bagages et t'en aller. J'ai mis des années à m'en remettre. Les nuits, je te voyais entrer dans l'appartement pendant mon sommeil, car tu avais emporté les clefs. Je passais des heures à t'attendre dans le grand lit, tu me manquais tellement, mais j'avais peur aussi que tu reviennes avant d'être redevenue la Solrun d'autrefois, celle que j'avais connue. J'ai fini par changer la serrure au bout de quelques années.

La Femme aux airelles reste une énigme dans ma vie. Mais nous étions si jeunes en ce temps-là. C'était il y a plus de trente ans et je ne sais plus quoi en penser.

Oh, Steinn.

Que veux-tu dire ?

Le revoilà ! Comment veux-tu que je me concentre et revienne trente ans en arrière quand je le vois sur cette échelle à tremper son pinceau dans un pot de peinture verte ? Est-ce qu'on est vraiment obligé de passer deux couches ? Ne doit-on pas attendre au moins un jour entre les deux couches pour s'assurer que la première est complètement sèche ?

Dans ce cas, fais autre chose. Je reste de toute façon encore là quelques heures.

Je suis allée me chercher un verre de jus de pomme avec quatre glaçons et, entre-temps, les jambes et l'échelle en aluminium ont heureusement disparu. Il ne va quand même pas revenir mettre une troisième couche ?

En effet, des agnostiques, voilà ce que nous étions. Des marionnettes vivantes ! Tu te souviens ? Nous vivions en permanence avec la sensation magique d'être en vie et nous avions l'impression d'être les seuls à éprouver cela. Nous étions des outsiders, fiers de jeter un regard oblique sur tout ce qui nous entourait, c'était comme si nous avions fondé notre propre religion. C'est même ce qu'on disait. Nous avons notre religion à nous, disions-nous.

On s'intéressait aussi aux autres. Il fut même une période où nous avions un petit côté missionnaire. Tu te rappelles certainement qu'on parcourait la ville chaque samedi après-midi avec un sac rempli de bouts de papier que nous distribuions à nos semblables comme des tracts. On avait passé la soirée à rédiger de courts messages et à les taper sur une vieille machine à écrire. *IMPORTANT MESSAGE À TOUS LES CITOYENS DE LA VILLE : LE MONDE EXISTE ICI ET MAINTENANT !* On tapait ce même texte un nombre incalculable de fois, puis on découpait les différentes bandes et on les pliait soigneusement avant de les fourrer dans un sac et de prendre le tram jusqu'à Nationaltheatret. On se mettait soit sur la pelouse de Studenterlunden ou à l'entrée du train pour Holmenkollen et on distribuait nos petites graines de réflexion, dans l'espoir de faire germer un sursaut de conscience spirituelle chez nos concitoyens qui, selon nous, laissaient leur esprit en jachère. C'était amusant. Beaucoup de gens nous souriaient, mais il y en avait toujours que cela agaçait, ce qui ne manquait pas de nous déconcerter. Certaines personnes se sentiraient-elles importunées, voire offensées, de se voir rappeler qu'elles existent ?

Au début des années soixante-dix, c'était d'ailleurs politiquement incorrect de s'étonner d'être au monde, puisque c'était en soi une pratique improductive. De nombreux gauchistes jugeaient contre-révolutionnaire de souligner le caractère énigmatique de l'univers. L'essentiel, ce n'était pas de comprendre le monde, mais de le changer.

L'idée des petits messages nous était venue à partir des pièces montées pour les mariages ou les baptêmes, ces tours composées d'anneaux en massepain de plus en plus petits et ornées de rubans rouges et de blagues désuètes. Le plan initial était, je crois, de fabriquer un gâteau de type alternatif que nous aurions servi lors d'une fête étudiante. Tu te rappelles ? On caressait aussi l'idée de mobiliser les gens pour une manifestation alternative, le 2 mai par exemple. Nous avions bien trouvé quelques slogans, mais ça s'est arrêté là. Ce n'est pourtant pas les modèles qui manquaient. Lors de la contestation étudiante à Paris, en mai 1968, les étudiants avaient écrit des slogans tels que « L'imagination au pouvoir ! » ou « La mort est contre-révolutionnaire » sur les murs de la Sorbonne. Nous imaginions un défilé de banderoles avec ce genre de phrases. Tu débordais d'idées, Steinn.

On avait l'habitude d'aller à des expositions et à des concerts, non pas au nom de l'art et de la musique, mais pour observer toutes les marionnettes vivantes. Nous appelions « théâtre magique » ce dont nous-mêmes faisions partie. Il faut dire qu'on venait de lire *Le Loup des steppes* de Hermann Hesse. Ou alors on s'asseyait à un café pour étudier plus attentivement quelques exemplaires de ces marionnettes. Chacune d'elles constituait un petit univers en soi. Ne disions-nous pas aussi que c'était une « âme » ? J'en mettrais ma main au feu. Nous n'observions pas des marionnettes « mécaniques », mais des marionnettes « vivantes ». C'étaient nos propres termes. Tu te rappelles quand on s'asseyait dans un coin au café et qu'on s'amusait à inventer des histoires compliquées à leur sujet ? Il arrivait même qu'on ramène ce genre de « personnages » à la maison pour continuer à broder autour d'eux les jours suivants ? On leur donnait des noms et on faisait surgir toute l'histoire de leur vie. Nous avons ainsi construit tout un panthéon de références fictives.

Un jour, nous avons accroché le poster du tableau de Magritte sur le mur de notre chambre à coucher. Nous l'avions acheté, je crois, au Centre d'art moderne Henie Onstad à Høvikodden…

D'ailleurs, à propos de chambre à coucher… Il nous arrivait de nous mettre au lit en pleine journée, parfois même avec une bouteille de champagne et deux verres. On pouvait passer ainsi des heures à se faire la lecture à haute voix, que ce soit les poèmes de Stein Mehren ou ceux d'Olaf Bull, même si, à cette époque, l'œuvre de ce dernier était reléguée aux oubliettes. Mais on lisait aussi Jan Erik Vold de A à Z. Sans parler de *Crime et Châtiment* ou de *La Montagne magique*. Des romans entiers se prêtaient à ces sessions au lit arrosées de champagne. Ce que nous appelions « champagne » était en réalité du Golden Power. C'était sucré et bon marché, mais cela faisait de l'effet, d'où son nom.

Quelle sensation délicieuse d'avoir un corps ! Nous mesurions notre chance d'être un homme et une femme, et nous en profitions pleinement. Mais notre bonheur physique lui-même venait nous rappeler que nous étions mortels. L'automne commence au printemps, disions-nous. Nous avions beau n'avoir qu'une vingtaine d'années, nous trouvions déjà que nous avions commencé à vieillir.

La vie est un miracle et nous étions d'avis qu'il convenait de le fêter tout le temps. En partant sur un coup de tête faire une balade en forêt une nuit d'été ou en prenant la voiture pour aller à l'aventure.

– Tiens, et si on allait à Skåne ? suggérais-tu.

Cinq minutes plus tard, on se retrouvait dans la voiture. Aucun de nous ne connaissait cet endroit et nous n'avions pas la moindre idée de là où nous passerions la nuit.

Te rappelles-tu quand nous sommes arrivés au célèbre restaurant Flickorna Lundgren på Skäret ? Nous n'avions pas eu froid aux yeux… et nous avons été pris d'un fou rire. Puis on s'est endormis dans l'herbe. Finalement, c'est une vache qui nous a réveillés, mais, de toute façon, nous aurions été délogés deux secondes plus tard par les fourmis. Ces petites bêtes s'étaient même faufilées sous nos vêtements. Tu en voulais tellement à ces fourmis que tu qualifiais de « suédoises ». Tu considérais cela comme une offense personnelle.

Aller faire du ski sur le glacier de Jostedal, voilà encore une de ces escapades qu'aujourd'hui tu nommerais une aventure périlleuse. C'était un jour de mai, il y a plus de trente ans.

– Et si on traversait à ski le glacier de Jostedal ! t'es-tu écrié un après-midi.

C'était comme un ordre car nous avions une sorte de pacte entre nous : chacun se devait de suivre les envies subites de l'autre sans jamais protester. En quelques minutes, nous avons fait nos bagages et nous sommes partis. Avec l'intention de dormir quelque part en montagne ou à Lærdal, ou au pire dans la voiture. Rien ne nous faisait peur, tout nous paraissait possible. Dès que le fjord fut en vue, nous avons voulu grimper sur le glacier avec nos skis sur l'épaule. Nous avions entendu parler d'un chalet autogéré où l'on pouvait passer la nuit si c'était trop tard pour commencer la randonnée. Aucun de nous n'avait appris à marcher sur un glacier – nous étions sur ce plan tout à fait irresponsables. Finalement on a laissé tomber cette balade et, pour la première fois, la machine s'est comme enrayée – tu vois à quoi je fais allusion – et on est restés toute la semaine à l'hôtel avant de prendre le chemin du retour en faisant profil bas. Cela nous est revenu très cher, car à cette époque il n'existait pas de réduction pour étudiants. Mais on avait autre chose en tête que nos mauvaises finances.

J'écris tout d'un trait pour souligner que j'ai encore aujourd'hui exactement le même sentiment d'émerveillement devant la vie.

« Mais as-tu conservé ton aptitude à célébrer la vie à chaque seconde, ici et maintenant ? » me demandes-tu, et je te réponds oui.

Malgré tout, bien des choses ont changé, une tout autre dimension a surgi dans ma vie. Tu demandes :

« Peux-tu encore ressentir une tristesse infinie à la pensée que la vie est si courte, si courte ?... As-tu encore les larmes aux yeux à la seule évocation de termes tels que vieillesse et durée de vie ? »

À ces questions, je peux aujourd'hui répondre un non qui

est synonyme de libération. Je ne pleure plus. Par rapport à ce qui m'attend, disons que je vis à présent dans un état de… paix.

Aujourd'hui encore, j'éprouve une grande joie à être en vie, physiquement parlant, même si cela ne saurait se comparer à ce que je ressentais autrefois. De toute manière, mon corps n'est désormais plus qu'une enveloppe, quelque chose d'extérieur et d'inessentiel. D'ailleurs, je ne vais pas traîner ce corps très longtemps. Je suis convaincue aujourd'hui que ce que j'appelle « mon moi » survivra à la mort de mon corps. Je ne perçois plus en effet mon corps comme étant « moi ». Il n'est pas davantage « à moi » que mes vieilles robes dans la penderie. Elles non plus, je ne les emporterai pas dans la mort. Pas plus que la machine à laver, la voiture ou ma carte de crédit.

Je pourrais t'en parler longtemps, et avec plaisir. Je suis souvent plongée dans la Bible ces derniers temps. Comme tu vois, je ne lis pas que de la parapsychologie. Selon moi, l'un n'exclut pas l'autre, mais je sais que tu ne t'intéresses ni à l'un ni à l'autre.

À mon tour de te demander : en quoi crois-tu aujourd'hui ? Je sais d'où tu viens, mais est-ce que pour toi aussi quelque événement nouveau a surgi dans ta vie ?

Merci pour ton dernier mail. Tu y apparais moins comme celui qui prétend toujours être en pleine forme que dans tes autres lettres. Tu sembles tendre les mains. Mais elles sont vides, Steinn. J'avais tellement envie de déposer dans tes paumes quelque chose de merveilleux. J'aimerais tant t'apporter un jour la preuve irréfutable que la mort n'existe pas. Tu verras. Un jour, je le ferai ! Pour l'instant je te suis reconnaissante d'avoir rouvert le canal qui, il y a plus de trente ans, s'est fermé pour nous.

Cela m'a été douloureux de lire que tu as eu peur de moi. Tu ne me l'avais jamais dit. Je croyais juste que tu te renfermais et que je t'ennuyais avec mes nouvelles conceptions.

Quoi qu'il en soit, nous étions tous deux responsables de ce que nous étions alors, avant qu'arrive ce que tu sais, et avant que tu penses que j'avais perdu la raison. Je ne l'ai jamais perdue, mais ce qui est arrivé était trop dramatique. Je suis brutalement passée d'une vision de la vie à une autre. Cette rupture a été particulièrement violente parce que le groupe que j'ai quitté n'avait en tout et pour tout que deux membres – nous deux…

Mais est-ce que tu te souviens du reste ? De nos escapades ? Je crois que ta mémoire est très sélective.

Bien sûr que je m'en souviens ! Les cinq années que nous avons passées ensemble m'ont toujours paru, chaque fois que j'y repense, constituer la moelle épinière de ma vie.

On décidait d'aller à Trondheim et hop, on y allait ! On décidait de partir sur le lac Mjøsa et on faisait du bateau ! On était assis à la Maison des Artistes et, soudain, une lubie nous prenait d'aller jusqu'à Stockholm à vélo. Alors on rentrait d'abord dormir quelques heures avant d'enfourcher nos bécanes et on pédalait jusqu'à Stockholm.

Le truc le plus fou que nous ayons jamais fait, cela reste notre aventure sur le haut plateau de Hardangervidda. On avait lancé l'idée de vivre quelques semaines comme les hommes de l'âge de pierre. On a pris le train pour la montagne et on a trouvé une sorte de ressaut pour s'abriter sous une dalle rocheuse, à quelques kilomètres au sud-ouest de Haugastøl. On avait emporté des vêtements chauds et des couvertures en laine, et préparé quelques sandwiches, juste de quoi manger, une fois notre campement installé. On avait pris aussi des paquets de gâteaux secs et de crackers, histoire de ne pas mourir de faim au cas où. Nous avions aussi une marmite, une bobine de fil de pêche, un couteau de chasse et deux boîtes d'allumettes. Mais rien d'autre. Si ce n'est – quel anachronisme – une plaquette de pilules. Cette plaquette nous a d'ailleurs tenu lieu de calendrier, car c'était encore le meilleur moyen de calculer le temps. La première journée, on s'est surtout nourris de baies (camarines à fruits noirs, baies arctiques et myrtilles) et on s'est donné des forces en buvant des tisanes de genièvre. Le lendemain, nous avons trouvé des ossements d'oiseaux et des vers de terre, qui nous ont servi d'hameçons et d'appâts pour pêcher des truites que nous avons cuites sur une ardoise. On espérait capturer un lièvre ou une perdrix. Mais les lièvres couraient trop vite et les perdrix s'envolaient toujours juste au moment où on se jetait sur elles. On avait une folle envie de viande; lorsque nous avons aperçu un troupeau de rennes sauvages, nous avons déplacé quelques pierres pour creuser une fosse à animaux que nous avons recouverte de branches de bouleaux nains, de lichen et de mousse. Le troupeau de rennes avait disparu, mais un agneau a fini par tomber dans le piège, un agnelet que, sans états d'âme, nous avons tué, dépecé et mangé pendant plusieurs jours. Les pattes nous ont même servi d'hameçons et d'ustensiles de cuisine. J'ai limé un os que j'ai enfilé autour d'une tige et j'ai accroché ce bijou à ton cou. Sans compter que nous avions désormais une peau d'agneau. Ce qui tombait bien car les jours raccourcissaient et un matin nous avons trouvé le sol givré. Nous avons alors décidé de lever le camp mais nous avions gagné notre pari. Il ne restait plus que quatre pilules sur ta plaquette : nous avions donc été des hommes des cavernes pendant dix-sept jours. Durant tout ce temps, nous n'avons pas croisé âme qui vive. Nous nous étions prouvé l'un à l'autre que l'on pouvait survivre comme des hommes à l'âge de pierre. Mais quel bonheur de rentrer, prendre une douche, retrouver son grand lit et une bouteille de Golden Power ! Nous n'avons pratiquement pas quitté le lit pendant une journée et demie. On avait mal partout et on souffrait du décalage horaire, comme si nous avions voyagé pendant des millénaires.

C'est étrange de repenser à tout cela. De se dire que la moelle épinière de ma vie à moi aussi est peut-être aussi ténue que ces dix-sept jours où, isolés du monde, nous avons vécu en pleine nature, rien que toi et moi. Mais à quoi penses-tu aujourd'hui ? En quoi crois-tu ?

Je m'éloigne peut-être de la question. Mais si on jouait un peu ? Bien assis dans ton siège de professeur, tu t'ennuies à mourir et je suis une étudiante qui soudain vient frapper à ta porte, tu me dis d'entrer, le fait est que tu es très heureux d'avoir de la visite, et je t'adresse la tirade suivante :

– Nous écoutons ce que vous nous enseignez, professeur. Tout cela est très fascinant, mais que pensez-vous, personnellement, de ces choses que vous ne savez pas ?

Tu es flatté que ton étudiante préférée te pose une question aussi directe et, à vrai dire, très personnelle, alors tu en profites pour lui faire un mini-exposé. Vas-y, Steinn, je t'en prie ! J'attends ton mini-exposé (mais qu'il ne soit pas trop long ! Le temps aujourd'hui encore semble se prêter à un barbecue, auquel cas je devrai préparer une salade d'accompagnement).

Tu es incroyable ! Comment veux-tu que je résiste à ce genre de tentation ?

Ne résiste pas, succombe.

Je reprends donc là où je m'étais arrêté, car je crois que nous sommes issus des hommes des cavernes. Autant dire que les femmes de l'époque ne prenaient pas la pilule. Mais nous appartenons comme eux au genre *Homo sapiens* qui est le descendant direct de l'*Homo erectus* qui lui-même descend de l'*Homo habilis* et plus loin encore de l'*Australopithecus africanus*.

Nous sommes des primates, Solrun. T'en souviens-tu ? Si nous retournons quelques millions d'années en arrière, nous avons la même origine que les chimpanzés et les gorilles. Mais tu sais tout cela, nous en avons déjà parlé, cela donnait du piquant à ce sentiment intense d'être en vie et de faire partie de la nature. Nous sommes des mammifères, tout comme les lièvres et les rennes qui vivent sur le haut plateau de Hardangervidda. Cette classe de vertébrés s'est développée, il y a des millions d'années, à partir de reptiles mammaliens appelés *thérapsides*.

Mais pourquoi regarder en arrière ? Cela revient à nager à contre-courant. Et si on se plaçait à l'autre bout de la chaîne et qu'on refaisait ce voyage, pour le moins risqué, depuis le début ? Je vais me contenter d'un survol rapide.

Selon les dernières estimations, cet univers mystérieux remonte à environ 13,7 milliards d'années. C'est à ce moment-là que s'est produit ce que nous qualifions de big-bang ou de « grosse explosion ». Ne me demande pas comment ni pourquoi. Personne ne le sait au juste. En l'espace d'une seconde, une énorme explosion d'énergie s'est matérialisée et a formé des protons, des neutrons, des électrons et ce qu'on a appelé des leptons. Au fur et à mesure que l'univers s'est refroidi, les atomes légers sont apparus, et progressivement les étoiles, les planètes, les galaxies et les amas de galaxies. Notre propre système solaire et notre planète remontent à 4, 6 milliards d'années, c'est-à-dire à environ un tiers de l'âge de l'univers, et petit à petit, nous avons fini par reconstituer à peu près l'histoire et l'évolution de la Terre.

Les premiers signes de vie sont apparus il y a déjà 3 à 4 milliards d'années, qu'ils aient été formés dès le départ – *in situ* pour ainsi dire – ou bien à partir des éléments d'un jeu de construction, que nous pouvons appeler le matériau prébiotique, issu de l'irruption des comètes ou des astéroïdes. Quand on remonte aussi loin dans le temps, on en est certains, la planète n'avait pas encore d'atmosphère contenant de l'oxygène et il n'y avait pas non plus au départ de couche d'ozone protectrice autour de notre globe terrestre. Ces deux éléments sont primordiaux pour que des macromolécules de vie puissent se former, et nous nous heurtons ici à un paradoxe intéressant : les conditions pour qu'il y ait la vie (telles que la présence d'oxygène dans l'atmosphère et une couche d'ozone protectrice) doivent être absentes pour que la vie puisse surgir. Les premières cellules vivantes apparaissent vraisemblablement dans l'océan, voire dans les grands fonds. L'oxygène libre et la couche d'ozone sont une conséquence de la photosynthèse – donc de la vie elle-même – et une condition nécessaire pour que des organismes plus développés puissent vivre sur notre planète. Mais une nouvelle vie ne peut pas surgir. Toute vie sur cette planète remonterait à exactement la même époque.

Avec l'apparition d'organismes produisant de la photosynthèse aux premiers temps de la Terre – ce qu'on appelle le *Précambrien* – les conditions sont réunies pour que des organismes plus évolués tels que les plantes et les animaux voient le jour. Au *Cambrien* (entre 543 et 510 millions d'années) apparaissent les premiers mollusques et les arthropodes, et à l'*Ordovicien* (entre 510 et 440 millions d'années) les premiers vertébrés. Le fait d'avoir un squelette interne change considérablement la donne. Dire que ce sont les représentants d'une petite branche secondaire de cette lignée animale qui,

500 millions d'années plus tard, sont partis dans l'espace pour explorer l'origine du cosmos !

Au *Silurien* (entre 440 et 409 millions d'années), les premières plantes terrestres ainsi que les premiers animaux terrestres apparaissent, au premier rang desquels des scorpions géants. Des représentants des arthropodes, plus exactement des arachnides sont donc les premiers à se hisser sur la terre ferme. Mais déjà à la fin du *Dévonien* (entre 409 et 354 millions d'années), les amphibiens, plus exactement des tétrapodes qui proviennent d'une branche des cœlacanthes, gagnent aussi la terre ferme. Au *Carbonifère* (entre 354 et 290 millions d'années), les vertébrés terrestres évoluent très rapidement, formant une grande famille à multiples ramifications, avec d'abord les amphibiens puis, petit à petit, les reptiles – une évolution qui se poursuit au *Permien* (entre 290 et 245 millions d'années). La caractéristique de cette période est que plusieurs reptiles s'adaptent à un climat plus sec et les premiers thérapsides voient le jour – tous les mammifères descendent de ces reptiles mammaliens

Au *Trias* (entre 245 et 206 millions d'années), on assiste à l'apparition des premiers mammifères et des dinosaures. Ceux-ci ont dominé la vie sur la terre ferme à la fin du *Trias*, pendant tout le *Jurassique* (entre 206 et 144 millions d'années) jusqu'à ce qu'une catastrophe, vraisemblablement la chute d'un météore près du Yucatán dans le golfe du Mexique, ne vienne anéantir leurs derniers représentants à la fin du *Crétacé* (entre 144 et 65 millions d'années). Mais nous n'en avons pas tout à fait terminé avec eux. Tout laisse à croire que les perdrix que nous avons essayé d'attraper sur le haut plateau de Hardangervidda sont les descendants directs d'une certaine famille de dinosaures – origine qu'elles partagent avec tous les autres oiseaux. Les paléontologues aiment aujourd'hui dire en plaisantant que les oiseaux sont en fait des dinosaures.

Mais toi et moi, ainsi que tous les autres primates, nous sommes issus de quelques insectes ressemblant à des musaraignes qui ont osé s'aventurer hors de l'eau quand la tyrannie des dinosaures carnivores s'est achevée, il y a 65 millions d'années. Tu te rappelles comme on a ri à la pensée d'être des musaraignes ! Pendant le *Tertiaire* (entre 65 et 1,8 millions d'années), l'ordre des mammifères, les primates, est en constante évolution ; notre propre ancêtre, l'*Australopithèque*, « l'homme proche », apparaît au seuil du *Quaternaire* (il y a 1,8 million d'années), l'ère géologique dans laquelle nous vivons.

Voilà ce en quoi je crois ! Je crois à ce que nous enseignent la cosmologie et l'astrophysique, je crois que la biologie et la paléontologie sont capables de nous raconter comment la vie est apparue sur la Terre. Je crois entièrement à la représentation scientifique du monde. Cette dernière s'affine en permanence, la recherche fait deux pas en avant et un sur le côté, ou un pas en avant et deux sur le côté. Je crois aux lois naturelles et cela inclut les lois de la physique et des mathématiques.

Je crois à ce qui est. Je crois à des faits. Nous ne sommes pas en mesure d'expliquer tous les phénomènes, beaucoup de choses nous échappent encore, notre compréhension est pleine de trous. Mais nous savons et nous comprenons aujourd'hui beaucoup plus de choses que nos ancêtres.

Rien que ces cent dernières années, la science a progressé de manière spectaculaire. Cela a commencé avec la théorie de la relativité d'Einstein en 1905. L'équation $E = mc^2$ recèle une connaissance d'une profondeur inouïe quant à la nature de l'univers. L'énergie peut se transformer en masse, et la masse peut se transformer en énergie. À partir des années vingt, Edwin Hubble, en découvrant le décalage vers le rouge du spectre des galaxies, a pu constater que les galaxies s'éloignent les unes des autres à une vitesse proportionnelle à la distance entre elles. Cette découverte majeure du siècle a permis de déduire que l'univers est en expansion et que son origine remonte au big-bang, une théorie qui, depuis, s'est vue confirmée de nombreuses fois. Ne serait-ce que par le rayonnement cosmique qui nous prouve que l'univers garde encore la chaleur après l'extraordinaire déflagration d'il y a 13,7 milliards d'années. En 1990, un grand télescope spatial – nommé Hubble – a été mis en orbite autour de la Terre, et après les réparations et les réglages nécessaires, a réussi à nous donner des images de l'univers à des milliards d'années-lumière dans l'espace, et, partant, à des milliards d'années en remontant dans l'histoire de l'univers. Car observer l'univers revient à remonter dans le temps. Il ne manque pas grand-chose pour que nous puissions assister à l'origine de l'univers. Bien qu'il soit impossible de voir ce qui s'est passé au-delà de 300 000 années après le big-bang. Au vingtième siècle, la biochimie a fait d'énormes progrès pour déterminer ce qu'est la vie. La description en 1953 du matériau génétique – je veux parler de la double hélice décrite par Crick et Watson – constitue une avancée considérable. Tout comme la carte du génome humain, c'est-à-dire les quelque trois milliards de couples de base qui constituent les gènes humains. Notre connaissance de l'univers et de la matière prend toute son ampleur dans l'expérience de physique du CERN qui a commencé au cours de l'année 2008. Un nouvel accélérateur de particules est utilisé dans le but de déterminer quelles particules élémentaires composaient l'univers 0,000 000 000 001 seconde après le big-bang. Nous pourrons peut-être comprendre enfin toute l'histoire de l'univers, en remontant aussi loin qu'une fraction microscopique de seconde après sa création.

Autrefois, on prétendait que discuter les grandes questions sur l'origine de l'univers ou la nature profonde de la vie était aussi vain que de spéculer sur la face cachée de la Lune, car celle-ci nous montre toujours le même côté. Mais aujourd'hui une telle opinion apparaît naïve et déplacée puisque nous pouvons nous procurer des photos détaillées de la face cachée de la lune dans presque n'importe quelle librairie.

Je suis impressionnée. Non, je blague.

Tu me fais penser à un petit garçon qui n'arrive pas à répondre à la question posée et qui se lance dans un développement sur tout à fait autre chose. Je t'ai demandé ce que tu pensais aujourd'hui de ce miracle de la vie, pas ce que toi ou le reste de l'humanité êtes censés savoir sur l'histoire de l'univers.

Là n'était pas le sens de la question que t'a posée ta charmante étudiante, quand elle est venue te voir dans ton bureau. Son but n'était pas de consulter une encyclopédie.

Je n'éprouve pas le besoin de prendre mes distances, que ce soit vis-à-vis de ton exposé sur l'astronomie, la paléontologie ou sur l'histoire des sciences. Je n'ai rien contre cela. Mais tu ne peux t'empêcher de prêcher en restant toujours sur le plan matériel, ce qui est une façon d'éluder ma question. Tu n'as aucune théorie sur comment ou pourquoi tout ceci est arrivé. Tu ne fais que refléter le monde tel qu'il nous apparaît à tous autant que nous sommes.

Tu ne dis pas un mot sur ce qui est le plus mystérieux de tout – et peut-être le plus essentiel – à savoir que nous sommes aussi des esprits pensants. Chacun de nous constitue une des âmes de cet univers. N'est-ce pas précisément *elles* que nous avons vues autrefois dans les marionnettes ?

Essaie de t'imaginer un enfant qui vient trouver sa mère pour lui demander :

– Qui suis-je ?

Ou bien :

– C'est quoi, un être humain ?

Tu crois que la maman saisirait un couteau et commencerait à tailler dans le corps de l'enfant pour mieux pouvoir répondre à la question posée ?

Cela étant, j'ai relu un passage plusieurs fois. Tu écris : « Selon les dernières estimations, cet univers si mystérieux remonte à environ 13,7 milliards d'années. C'est à ce moment-là que s'est produit ce que nous qualifions de big-bang ou de "grosse explosion". Ne me demande pas comment ni pourquoi. Personne ne le sait au juste… »

C'est à partir de ce champ de possibles que toi et moi avons pris position. Nous nous sommes livrés à un agnosticisme extatique vis-à-vis de cet univers « si mystérieux ». Cette ferveur nous a donné l'énergie de vivre dix-sept jours comme des hommes des cavernes. L'émerveillement nous donnait le vertige et nous voulions tout explorer, à fond, mieux comprendre comment les hommes préhistoriques vivaient. Cela, du moins, nous paraissait à notre portée.

Mais la distance entre nous n'a pas besoin d'être aussi grande pour autant. La différence réside peut-être seulement dans le fait que tu appelles « big-bang » ce que j'appelle « l'instant de la Création » ou comme c'est écrit dans le troisième verset du Premier Livre de Moïse : *Alors Dieu dit : Que la lumière soit ! Et la lumière fut.*

Ce que tu qualifies, d'un revers de la main, d'« explosion d'énergie » est pour moi un acte de création, et je dois avouer que je vois mal l'intérêt d'arriver aussi près que 0,000 000 000 001 seconde de la main créatrice de Dieu sans avoir la moindre perception, aussi vague soit-elle, de la présence divine elle-même. C'est faire preuve, selon moi, de bien peu de sensibilité.

Mais je te laisse encore une chance. Que penses-tu réellement ? Je veux dire de toutes ces choses que nous ignorons ?

Tu effaces ?

Quoi donc ?

Je te rappelle que tu dois effacer mes mails avant de répondre.

Oui, mais…

Je trouve seulement étrange que tu te souviennes mot pour mot de ce que j'ai écrit. Comme le passage auquel tu fais référence. Tu l'as même mis entre guillemets et, si je ne me trompe, tu l'as cité tel quel.

Je te reconnais bien là. J'ai toujours eu une excellente mémoire, l'aurais-tu oublié ? Eh oui, j'ai ce genre de « don »…

Bon, passons.

Mais Jonas et Niels Petter ont allumé le barbecue dans le jardin et il faut que je prépare la salade. Tiens, je me rends compte que le fils dépasse légèrement le père. Il faut se rendre à l'évidence, je vais être occupée le restant de la soirée. Mais demain ?

J'ai du temps demain. Alors, bonne soirée en famille !

Et toi, amuse-toi bien chez ton beau-père qui a de l'esprit.

III

Bonjour ! Y a quelqu'un ?

Tu m'as envoyé ton message voilà une demi-heure, mais c'est bon, je suis devant l'écran maintenant.

Ici, il fait tout simplement magnifique. Il n'y a pas un souffle de vent et la température est idéale. J'ai emporté l'ordinateur portable dehors, au soleil, et je me suis installée à une table dans le jardin où ma grand-mère maternelle s'occupait de ses fleurs tout en répétant : « Ah, ce Steinn ! »

Les gens de la côte ouest sont comme ça, tu sais. Pas question de renoncer à une belle journée d'été. En l'honneur du soleil et de la nature qui m'entoure, j'ai enfilé une robe d'été jaune avec quelques grosses applications de cerises, et sur la table devant moi j'ai posé à côté de l'ordinateur un bol rempli de cerises que j'ai achetées sur le quai, à l'épicerie Eide.

Et toi ?

Je crois t'avoir dit que nous habitons à Nordberg, en fait non loin de là où toi et moi avons habité autrefois, je me souviens même que nous sommes passés parfois devant la maison que j'occupe à présent. Elle est située tout en haut de Kongleveien, mais tu as dû oublier tous les noms des rues de ce quartier où tu n'as pas mis les pieds depuis plus de trente ans.

De ma véranda, je regarde le jardin orienté vers le sud. C'est presque comme être assis dehors, car j'ai ouvert deux grandes fenêtres et, de temps en temps, un bourdon vient faire un petit tour avant de ressortir quelques secondes plus tard. Berit voulait ici des fleurs, mais j'ai pu lui faire admettre qu'on en avait déjà assez comme ça dans le jardin. En contrepartie, j'ai dû accepter qu'elle rentre ici ses plantes vertes en hiver, quand les bourdons et les guêpes ne passent pas leur temps à entrer et sortir par les fenêtres ouvertes. Voilà un compromis typiquement conjugal. C'est bien le minimum de trouver ce genre d'arrangements.

Berit vient de reprendre son travail après les vacances. Je t'ai peut-être dit qu'elle est ophtalmologue et qu'elle travaille à l'hôpital d'Ullevål. Ine et Norunn sont comme d'habitude par monts et par vaux – elles ne veulent pas perdre une miette de l'été – et je suis seul à la maison.

Je me rappelle parfaitement cette rue et nos promenades dans les environs. On allait à la station Berg, parfois même jusqu'à Blindern. Et pas seulement une fois, Steinn. D'ailleurs, à chaque séjour à Oslo, je suis presque toujours allée faire un tour à Kringsjå. N'oublie pas que j'y ai vécu cinq ans, et ces années ont beaucoup compté dans ma vie. C'était chez moi là-bas et j'aime bien de temps à autre me balader autour du lac de Sognsvann. Dis-moi, cet endroit n'est pas « chasse gardée » ?

Pas du tout. Au contraire, cela me fait plaisir de savoir que tu es parfois revenue dans le coin.

Mais je ne t'ai jamais vu. Je veux dire, autour du lac de Sognsvann.

Non. Tu vois bien.

Comment ça ?

Le hasard ne fait pas toujours bien les choses.

Peut-être que nos grandes retrouvailles étaient réservées à cette vieille terrasse dans la montagne…

Tu m'amuses. Au fait, quand tu faisais le tour du lac, tu marchais dans le sens des aiguilles d'une montre ou dans le sens contraire ?

Toujours dans le sens contraire, Steinn. Comme nous le faisions d'habitude.

Et comme je suis aussi conservateur que toi, cela veut dire qu'il se peut que j'aie marché quelque cinquante ou cent mètres derrière toi. Mais maintenant que je me suis mis au footing, je te rattraperai peut-être la prochaine fois.

Pour l'instant, ce qui m'intéresse, c'est de t'imaginer devant ton ordinateur dans une véranda à Nordberg. J'ai bien noté le vol du bourdon qui est venu te rendre visite, merci pour lui. Mais j'ai besoin d'autres détails pour arriver à oublier que nous sommes en réalité séparés par deux traversées en ferry et six cents kilomètres de terre ferme. N'y a-t-il pas autre chose que tu puisses me décrire ?

Eh bien, je porte un T-shirt blanc, un short kaki et je suis pieds nus devant un guéridon, où j'ai juste la place pour mon ordinateur portable, mais sur le rebord de la fenêtre j'ai posé un double espresso et un verre d'eau minérale. Je suis juché sur un tabouret de bar qui, pour une raison obscure, se trouve être dans la maison. Dehors, il fait déjà presque 25 °C et j'aperçois dans le jardin, entouré par une haie de thuyas, un poirier aux fruits encore verts ainsi que deux pruniers avec des prunes violaçées presque mûres – je me demande si cette variété ne s'appelle pas *Herman*. Autour d'un vieux cadran solaire se presse une touffe jaune de lysimaques de Chine qui fleurissent presque tout l'été, et le long de l'allée poussent quelques massifs d'astilbes blanches et rouges dont la floraison est plus tardive mais qui se dressent telles de petites colonnes piquantes jusque tard dans l'automne…

Est-ce que cela te va pour compenser les deux traversées en ferry et les six cents kilomètres qui nous séparent ?

Cela me va, car maintenant je peux te voir. Mais c'est quoi, ce short ? Tu n'en portais jamais avant. Tu avais toujours des pantalons en velours côtelé marron ou beige, voire rouge vif. Il y a donc bien quelque chose de changé.

Vas-y, tu peux me parler, Steinn. Je suis là.

Te parler ?

Je te laisse encore une chance pour que tu me dises ce que tu penses de toutes ces choses que la science ne parvient pas à expliquer.

Ah oui. Je crois que tu m'as déjà posé cette question là-haut à l'hôtel, mais je ne sais plus exactement quels étaient mes mots. Quand toi et ton mari êtes repartis du village du Livre, ce mercredi-là, je suis resté longtemps dans le jardin à me demander – une fois n'est pas coutume – pourquoi on s'était séparés. Il s'agissait en effet d'une divergence de croyances. À nouveau le souvenir de la Femme aux airelles avait ressurgi, et j'ai tenté de me rappeler toutes les discussions que nous avons eues sur ce thème-là, avant que tout ne s'enraye et qu'un silence pesant ne s'installe entre nous.

Cela nous a entraînés si loin que je redoute de reprendre cette discussion. Tu as raison, j'ai passé toute cette soirée et cette nuit-là à fumer, enfermé dans la chambre à coucher, tellement j'étais désespéré. On ne s'adressait plus la parole. À peine supportait-on d'être dans la même pièce. Quand j'ai fini par me coucher au petit matin, il ne restait plus qu'une cigarette dans le paquet, je m'en souviens encore. Je l'ai allumée sur le bord du lit, et je l'ai fumée, quand je me suis relevé une heure après. Je suis allé dans le salon où je t'ai trouvée toi aussi sur le bord du canapé, une cigarette à la main.

« Steinn », m'as-tu simplement dit, mais quelque chose dans ton regard m'a fait détourner les yeux et j'ai hoché la tête.

J'ai compris que tu allais partir dans le courant de la journée. Je l'avais lu dans tes yeux et tu savais que je l'avais compris. Je n'ai pas cherché à te retenir.

Puis tu reviens plus de trente ans après et tu me demandes ce en quoi je crois ? Je vais peut-être te décevoir, mais je ne sais pas si j'ai la « foi » en quoi que ce soit. Il m'est plus facile de préciser ce en quoi je ne crois pas.

Hé, tu bottes en touche. Mais tant pis, en quoi ne crois-tu pas ?

Cela se résume peut-être à un mot : je ne crois à aucune forme de « révélation ». Sinon, ce ne sont pas les sujets d'étonnement qui manquent et il y aura toujours une foule de choses que nous ignorerons. Quant au champ de ce que l'on peut croire ou mettre en doute, il est presque infini.

Vraiment ?

Nous utilisons le mot « croyance » dans des contextes très différents. Nous pouvons croire que Manchester United va gagner contre Liverpool, ou nous pouvons croire qu'il fera beau demain. Nous voulons dire par là que l'un est plus vraisemblable que l'autre. Il y a peut-être plus de chances pour que Manchester United remporte le match de football ce dimanche, et peut-être que suffisamment d'éléments laissent présager qu'il fera beau demain. Mais ce n'est pas ce genre de questions dont nous débattons ici.

Il y a une autre forme de croyance que nous pouvons aussi laisser de côté dans un premier temps, je pense en effet à une question que tu as déjà abordée, à savoir si ce que nous appelons le big-bang s'est produit de lui-même ou si c'est le résultat de l'intervention d'une main divine. Aucun de nous deux ne peut trancher cette question, cela relève tout simplement de la croyance, et je respecte ceux qui pensent que le big-bang est un miracle de Dieu, même si le terme ou le concept de « Dieu » est trop chargé de représentations humaines pour que je puisse y recourir. Dans la même catégorie, il y a selon moi une autre question qui t'intéresse, à savoir s'il existe en chacun de nous une « âme » ou un « esprit » qui survit à la mort. Je tiens pour vraisemblable que quelque chose en moi survivra au « moi » que je suis aujourd'hui, mais ce genre de conception n'est pas incompatible avec les sciences de la nature, même si on peut dire qu'elle en excède les limites. Je ne veux pas rejeter la croyance en un monde après celui-ci – et par la même occasion t'en priver – sur une base purement scientifique, mais…

Très bien, mais quoi ?

Mais je ne crois pas qu'il existe de forces « surnaturelles » qui interviendraient sans arrêt dans la vie des gens et qui se « révéleraient » à nous. J'aurais pu être beaucoup plus clair sur cette question autrefois, car ce n'est pas ta conviction soudaine qu'une vie nous attend après la mort qui m'a fait réagir, mais le fait que tu considères la Femme aux airelles comme étant une révélation de l'au-delà. Et comme tu l'as fait remarquer, nous étions deux à l'avoir aperçue. Même si j'ai tout de suite fait le lien entre elle et ce qui s'était passé près du lac de montagne, j'avais du mal à croire qu'elle était morte là-haut et qu'elle réapparaissait vers nous en provenance de « l'autre côté ».

Je comprends. Mais continue, Steinn. J'aimerais d'abord bien entendre ton point de vue. Quand ce sera à mon tour de t'exposer le mien, je veillerai à être le plus clair possible. Alors, vas-y, je t'écoute.

Prenons les choses sous cet angle. Dans toute l'histoire de l'humanité, je ne crois pas que des dieux ou des anges, des esprits ou des ancêtres, des êtres surnaturels ou des revenants se soient jamais matérialisés ou soient jamais apparus à des hommes ou à des peuples d'une façon ou d'une autre, pour la simple et bonne raison que ce genre de créatures n'existe pas.

Je viens de manger cinq cerises. Je pose les noyaux sur la table devant moi, comme ça, c'est facile pour compter.

Des rumeurs courent comme quoi l'épicerie Eide, après avoir été une entreprise familiale depuis 1883, va fermer. Il faut dire qu'il y a aussi une épicerie à Nåra et une autre à Ytrøygrend. Sur toute l'île, quelques centaines d'habitants vivent seulement ici à l'année. Mais ce serait dommage de perdre l'épicerie qui est sur la pointe de l'île. Bien sûr, on peut prendre la voiture ou le vélo jusqu'à Nåra pour faire ses courses, mais quand une petite localité comme Kolgrov perd son épicerie, c'est toute la communauté qui finit par se dissoudre, en tout cas pendant l'hiver, quand les estivants ne sont pas là.

Tu te rappelles toutes nos balades à vélo en été ? Je sais que oui. Chaque soir, nous allions à Søndre Hjønnevåg pour admirer le coucher du soleil sur la mer, et nous aimions nous baigner dans tous les étangs sur le chemin du retour.

Mais continue, Steinn. Je ne suis pas en porcelaine comme tu sembles le croire. Tu écris que tu ne crois pas en des forces surnaturelles…

Puisque tu me le demandes, alors à toi de regarder dans ma lunette de Galilée. Essaie d'admettre qu'absolument toutes les idées sur les phénomènes « surnaturels » sont de pures représentations humaines qui n'ont d'autre fondement que l'homme lui-même. Sur ce plan, de telles représentations bénéficient d'un sol très fertile. Ici, trois facteurs jouent un rôle déterminant : l'imagination débordante des hommes, notre besoin viscéral de trouver des raisons cachées – même là où il n'y a rien à chercher – et, enfin, notre désir inné de croire qu'il y a une existence toute neuve après celle-ci, en d'autres termes, une vie après la mort.

Ce cocktail typiquement humain s'est révélé incroyablement prolifique. À toutes les époques, dans toutes les sociétés et toutes les cultures, les hommes ont donné constamment naissance à des représentations d'êtres surnaturels tels que les esprits de la nature, les ancêtres, les dieux, les monstres du chaos, les anges ou les démons.

Le moins que l'on puisse dire, c'est que tu es sûr de toi.

Pour commencer, considère notre imagination débordante. En effet tous les hommes rêvent – la preuve que personne n'est capable de se protéger entièrement contre les hallucinations – et, dans certains cas, quelque chose d'approchant peut se produire à l'état de veille. Nous avons l'impression de voir ou de percevoir des phénomènes sans que ces phénomènes aient le moindre fondement dans la réalité. Qui ne s'est pas demandé si tel ou tel souvenir est un événement que l'on a vraiment vécu ou si c'est seulement quelque chose qu'on nous a raconté, qu'on a pensé, rêvé ou imaginé ?

J'ai moi-même rencontré des gens qui affirment avoir vu des représentants des « esprits de la montagne ». Mais nos têtes sont, à tout instant, si pleines de sensations qu'il ne faut pas s'étonner si cela déborde par moments – j'entends par là qu'il peut surgir de légères perturbations que nous appelons trahison des sens ou pur fruit de l'imagination.

Ce genre d'égarement des sens – qui est tout à fait naturel – est parfois à l'origine de ce que nous appelons les « vérités de foi », quand nous permettons à nos croyances ou à celles des autres d'avoir le statut de créatures existant dans la réalité, indépendamment de notre conscience ou de celle des autres. En disant cela, je pense aussi bien aux esprits de la nature qu'à la multitude des personnages mythiques dont regorgent les vieilles religions nationales, mais aussi aux représentations plus évoluées et intellectualisées que nous proposent les grandes religions universelles, par exemple l'image d'un Dieu tout-puissant qui s'est révélé aux hommes sur la Terre, c'est-à-dire sur notre planète de la Voie lactée.

Je m'empresse de nuancer mon propos. Au sein de toutes les religions, il existe une éthique, sans parler d'un trésor d'expériences humaines, qui, en soi, vaut de l'or. Comme je l'ai déjà dit, je n'ai rien contre le fait que les hommes aient une croyance. La frontière pour moi, c'est quand j'entends des discours ou quand je lis des textes de personnes qui prétendent qu'un Dieu tout-puissant leur a parlé ou s'est révélé à eux avec un message bien précis demandant à tous les autres hommes de s'incliner devant Lui. Des millions de personnes vivent sur cette planète en pensant que Dieu leur parle – et leur transmet Ses instructions –, à chacun d'eux en particulier. Des millions d'autres hommes sont en outre convaincus qu'un Dieu démiurge est à l'origine de tout ce qui arrive sur Terre, que ce soit un tsunami, une guerre atomique ou une piqûre de moustique.

… ou qu'il n'y ait plus de batterie dans mon ordinateur portable, ici dans le jardin. Je vais régler ce problème, mais continue à m'écrire. De toute façon, je n'ai pas assez de batterie pour te répondre plus longuement et pas question que je reste à l'intérieur par un temps pareil.

Tu veux donc que je poursuive ?

Oui, Steinn. Après, ce sera à mon tour et j'espère que tu pourras l'endurer. J'aurai peut-être à gratter un peu la plaie qui s'est formée après ce qui nous est arrivé autrefois. Je ne sais pas trop ce dont tu te souviens au juste. Mais continue maintenant.

Je mentirais si je dis que je me réjouis à l'idée que tu vas gratter la plaie, mais de même que nous effaçons nos messages, je vais accepter tes conditions. Alors, je poursuis.

Nous avons à peine abordé la question religieuse. Mais la nature humaine ne change pas et tu sais que je n'ai jamais cru non plus aux phénomènes « paranormaux » ou « surnaturels ». Cela me fait songer aux salons de l'époque de la reine Victoria avec ses séances de spiritisme et ses variantes pour faire parler les esprits. Cette forme de dédoublement de la réalité est, il est vrai, passé de mode. Je pense à ces apparitions en chair et en os dans la télépathie, la voyance, la psychokinésie et à toutes les histoires de revenants. Des idées qui ne datent pas d'hier à propos des anges et des « assistants » ont récemment bénéficié d'un regain de popularité. Toutes ces croyances se fondent sur l'idée qu'il est possible d'entrer en contact avec certaines puissances transcendantales ou surnaturelles. Il n'y a pas si longtemps, un sondage a provoqué quelques remous en Norvège : 38 % des habitants de ce pays ont affirmé croire que les hommes pouvaient communiquer avec les anges.

On retrouve donc dans ces phénomènes toutes les formes de voyance, car elles aussi supposent qu'il existe un destin préétabli que l'on peut découvrir à l'aide de certaines techniques, entre autres par le truchement de voyants payés à prix d'or. Il est ici question d'une véritable industrie dont le chiffre d'affaires peut se comparer à l'industrie du sexe. La pornographie et l'occultisme ont tous les deux quelque chose à vendre, bien qu'il s'agisse, dans le premier cas, de quelque chose de « naturel » et, dans le second, de quelque chose de « surnaturel ».

Selon moi, la parapsychologie est seulement capable de nous donner la carte d'un paysage qui n'existe pas, un paysage imaginaire, inventé de toutes pièces. Attention, je n'ai pas dit que toute la littérature de parapsychologie n'avait aucune valeur. En tant que description des représentations que l'on trouve ancrées dans des croyances populaires, cette littérature peut se révéler une lecture intéressante, au même titre que l'histoire des religions, l'étude des folklores et tout autre champ de recherche dans le domaine de la culture. Nous autres,

Norvégiens, sommes les premiers à accorder beaucoup de valeur aux contes populaires et nous sommes évidemment très heureux que Snorre Sturlason ait consigné dans l'*Edda* l'ancienne mythologie nordique et germanique avant qu'elle ne tombe dans l'oubli.

J'ai encore d'autres choses à te dire, mais j'accepte volontiers tes commentaires à mi-parcours, aussi je t'envoie ces esquisses de considérations avant que ta batterie ne soit complètement à plat.

* * *

Je n'ai pas eu de réponse de ta part. Je suppose que tu as un problème de batterie. Dans ce cas, le temps que tu m'envoies une réponse, je vais poursuivre mes réflexions.

Quand je rejette toutes les représentations de phénomènes surnaturels ou suprasensibles, j'ai également la même attitude sceptique vis-à-vis de toutes les représentations approchantes qu'on trouve dans le cadre des religions établies. Il s'agit, à mes yeux, de deux faces de la même pièce et la question est de savoir s'il est utile de faire une différence de principe entre les religions révélées d'un côté et une approche plus débridée, moins dogmatique, avec des représentations de « phénomènes surnaturels » de l'autre. À la différence des anecdotes qui fleurissent, relatant des événements « surnaturels », les récits de ce genre se sont figés en dogmes dans les grandes religions universelles et ont subsisté à l'intérieur du cadre d'une foi – ordonnée et organisée – en l'intervention de puissances divines.

Comment faire réellement la distinction entre foi et superstition ? La foi de l'un est de la superstition pour l'autre et vice-versa. La balance de la Justice a deux plateaux.

Je n'arrive pas bien à voir la différence entre la glossolalie – ce don surnaturel de parler les langues chez les apôtres de Jésus – et le sentiment de fraternité qu'éprouvent les spiritistes vis-à-vis des esprits. Celui qui pratique la glossolalie n'est-il pas ce qu'on appellerait aujourd'hui un « médium » ? Je ne vois pas non plus la différence entre les prophéties religieuses et les révélations toujours plus nombreuses des voyants. Que nous qualifiions les phénomènes de « miracles » ou de psychokinesthésie, de « montée au ciel » ou de lévitation, cela revient pour moi au même, puisque de toute façon il s'agit de phénomènes contredisant toutes les lois connues.

L'idée même que le « surnaturel » puisse, dans de rares occasions, se révéler à nous, est partagée à la fois par la croyance populaire, la parapsychologie et les religions universelles – contrairement à ce que nous appelons une conception naturaliste ou scientifique du monde. On utilise alors le terme d'« apparition » et il faut reconnaître qu'il en vient à signifier presque la même chose que « révélation ».

Une des raisons qui motive la recherche en parapsychologie à laquelle tu fais allusion, c'est d'essayer de trouver une base scientifique à une croyance dans une vie après la mort – croyance qui a pris son essor après que le darwinisme et la libre-pensée ont commencé à mettre en péril les religions traditionnelles. Tu mentionnes le couple Rhine et j'ai voulu en savoir davantage. Pour eux comme pour d'autres pionniers de la parapsychologie expérimentale, le but espéré était de prouver l'immortalité de l'âme. En établissant des preuves irréfutables que la télépathie est un phénomène bel et bien réel, il serait plus facile de défendre la thèse que l'homme a une âme immortelle, c'est-à-dire une âme « libre » qui hébergerait – à titre seulement temporaire – le cerveau sans être indissociablement liée à lui. Mais, jusqu'à aujourd'hui, aucune preuve tangible n'a pu être avancée.

Je t'envoie ces lignes. Mais est-ce que tu reçois mes messages ?

Yes, sir ! J'ai trouvé une vieille rallonge électrique dans la remise à outils et je suis maintenant branchée au courant de la maison. Avec cette rallonge rouge, mon ordinateur portable est comme un satellite de l'installation électrique sur l'île. Il est donc pour l'instant relié à la maison et à ce qui l'entoure, *mais pas de manière indissociable.*

Nous venons d'installer la Wi-Fi et nous avons du réseau dans tout notre modeste jardin. Sans prise de courant ni câble, je peux rester ici et communiquer avec le monde entier.

Et si tu essayais d'imaginer qu'il n'y a pas que l'homme qui ait réussi à créer ce genre de réseaux sans fil…

Tu penses à la télépathie ainsi qu'au contact avec les esprits des défunts ?

Je pense à beaucoup de choses. Mais d'abord j'aimerais que tu finisses d'exposer tes arguments, je me contenterai de te poser une ou deux questions en passant. Puis ce sera à mon tour de t'expliquer comment moi, je vois la vie.

D'accord. Du moment que tu ne passes pas ton tour, car j'aimerais vraiment essayer de te comprendre.

J'ai d'ailleurs bien l'intention de te remémorer – et dans le détail – l'aventure qui nous est arrivée autrefois, car je suis incapable de dissocier cette expérience de ce qui est devenu ma vie spirituelle aujourd'hui. Je crois que tu as oublié certaines choses, j'entends par là des points essentiels. Et comme tu as pu le constater, je suis dotée d'une excellente mémoire.

Ne pourrions-nous pas revenir là-dessus plus tard ? À supposer que tu y tiennes absolument ou que *nous* y tenions absolument. On s'était pourtant promis de ne jamais rouvrir cette blessure.

On verra. C'est un processus.

Quand j'ai trouvé la rallonge et que je l'ai tirée jusque dans le jardin, Ingrid a levé les yeux au ciel.

– Je te croyais en vacances ! s'est-elle écriée.

Elle croit donc que je prépare la rentrée ou mes prochains cours de français. D'ailleurs je donnerai aussi quelques cours d'italien cette année. Sa méprise n'est pas surprenante, car la rentrée est effectivement dans moins d'une semaine. Mais Niels Petter et Jonas viennent de revenir de la pêche et mon mari a jeté un regard légèrement inquiet sur la rallonge avant de s'approcher de moi pour me caresser la nuque et me chiper quelques cerises. Ostensiblement, il a évité de regarder l'écran. Cela dit, dans cette forte luminosité, ç'aurait été difficile de lire quoi que ce soit. Mais il a compris que j'écris un mail à quelqu'un et il doit se douter que c'est à toi. De mon côté, je n'ose pas lui dire ce que j'écris ni à qui. On dirait que lui non plus n'ose pas me poser la question.

Du nouveau de Nordberg ? S'il ne se passe plus rien dans cette véranda, je crains de ne plus réussir à te visualiser.

Je n'ai quasiment pas bougé d'ici, je n'ai fait qu'écrire, attendre et lire tes réponses. À peine ai-je le temps d'envoyer mon message que tu me réponds déjà. Bon, si je veux être honnête, je dois t'avouer que je viens d'aller à l'armoire d'angle pour me servir un petit verre de calvados. Mon espresso manquait vraiment de caractère.

Ne retourne pas à cette armoire, Steinn, s'il te plaît, mais continue à m'écrire. Tu me parlais de parapsychologie et du surnaturel…

Nous en étions là, c'est vrai.

La fondation du célèbre illusionniste américain James Randi a offert un million de dollars au premier qui pourrait « démontrer le moindre don de voyance, de pouvoir surnaturel ou paranormal sous des conditions d'observation suffisantes ». Le *One Million Dollar Paranormal Challenge* a été introduit en 1964, lorsque Randi a proposé de donner mille dollars de sa poche au premier qui serait en mesure de lui faire la démonstration de la réalité d'un phénomène surnaturel. Plusieurs personnes ont soutenu ensuite cette initiative et le montant a atteint le million de dollars. Mais jusqu'à ce jour, personne n'a réussi l'épreuve.

Bien sûr, tu peux m'objecter que ceux qui possèdent des dons surnaturels ou de voyance ne courent pas forcément après un million de dollars. Mais parmi les milliers de charlatans – qui ne crachent pas sur l'argent et qui n'hésitent pas à faire parler d'eux dans les colonnes des journaux et à se produire dans des programmes bon marché sur des chaînes câblées –, rares sont ceux qui ont relevé le défi du *Paranormal Challenge* pour empocher la coquette somme promise par Randi. Et pourquoi ? La réponse est simplissime : parce qu'il n'existe pas de personnes dotées de dons de voyance ou de pouvoirs surnaturels.

Toutes les célébrités du paranormal se sont bien gardées de participer au *Paranormal Challenge* : elles ont au contraire fui Randi comme la peste car, à lui seul, il a menacé toute une industrie de disparition. (Ce qui a peu de chances d'arriver, puisqu'il semblerait que le monde a envie d'être abusé !)

Il y a quelques années, une des stars de la voyance aux États-Unis, Sylvia Browne, a rencontré Randi sur un plateau de télévision pour *Larry King Live*. Mise au défi de lui montrer ses dons dans des conditions contrôlées, elle a promis de se laisser tester, mais elle ne s'est jamais manifestée auprès de Randi.

– Je ne sais pas comment le joindre, a-t-elle prétexté un jour.

Que ne faut-il pas entendre ! Prétendre qu'on a des dons de voyance et ne pas être capable de trouver un numéro de téléphone dans l'annuaire !

La plupart de ceux qui se sont présentés pour le *Paranormal Challenge* étaient des individus naïfs, crédules ou déséquilibrés. Randi a donc été contraint d'instaurer des règles préliminaires de plus en plus strictes pour éviter que son défi n'entraîne certaines personnes à mettre en danger leur vie ou celle d'autrui. Par exemple interdire l'expérience d'un homme qui prétend démontrer qu'il a le pouvoir de se jeter du haut d'un immeuble de dix étages sans se faire mal…

Tout compte fait, si l'on a des dons de voyance et des pouvoirs paranormaux, il doit y avoir bien d'autres moyens pour s'enrichir que le *One Million Dollar Paranormal Challenge*. J'ai déjà mentionné la roulette, mais il existe une pléthore de jeux de salon qui devraient sourire à ceux qui sont dotés de pouvoirs surnaturels. Et pourtant je n'ai jamais entendu parler d'une association de poker qui aurait exclu un des joueurs parce qu'il aurait des dons de voyance. La seule chose qu'on combatte, c'est la tricherie.

Les dons surnaturels et la tricherie : nous retrouvons là un couple de vieux briscards, aussi loin que remonte l'humanité.

Autant dire que personne ne touchera le million de dollars de Randi.

Le dernier bastion pour ceux qui croient dans le surnaturel est constitué par ces fameuses « coïncidences » que chacun connaît, c'est-à-dire ces occurrences simultanées de deux ou plusieurs événements sans rapport de causalité et que Carl Gustav Jung appelait « la synchronicité ». Nous avons déjà discuté de cela à propos de nos retrouvailles là-bas, au fond du fjord, et nous ne sommes pas les seuls à en avoir fait l'expérience. Il arrive qu'on pense brusquement à quelqu'un à qui l'on n'a pas songé pendant des dizaines d'années, on tourne au coin de la rue et on tombe précisément sur lui ! Nombreuses sont les personnes à voir dans ce genre de coïncidences la preuve qu'il existe une dimension surnaturelle. Il est clair que dans les secondes où se produit un événement aussi incroyable, on se sent un peu étourdi ou décontenancé.

Mais ce que Jung a appelé « synchronicité » n'est selon moi fait de rien d'autre que de simples et pures coïncidences.

Tu es toujours aussi sûr de toi. Mais tout ce qui « est » et tout ce qui « arrive » ne se laissent peut-être pas tester de manière scientifique. Il n'y aurait rien d'étonnant à ce que la science de ce monde ne puisse s'appliquer qu'à ce qui est précisément de ce monde.

Pourquoi ne laisses-tu pas chacun croire en ce qu'il veut ? N'y a-t-il pas une expression qui dit : *Vivre et laisser vivre* ?

Bien sûr que si. Les gens sont libres de croire ce qu'ils veulent. Mais quand quelqu'un se fonde sur le fait que des vérités lui ont été révélées par des puissances supérieures, il y a de quoi écarquiller les yeux. Bon nombre d'individus mais aussi des groupes de personnes, tu le sais aussi bien que moi, clament que Dieu les a chargés d'une « mission ». D'autres affirment qu'ils entendent « des voix » et vont consulter un psychiatre.

Toute l'histoire est émaillée d'affirmations de « prodiges » ou de « miracles » provenant d'individus ou de peuples entiers, dans le but de conforter leur position dominante et leurs privilèges, et souvent pour justifier des actes oppressifs et inhumains. La religion, certes, peut inciter des hommes à accomplir des actions pieuses, altruistes et philanthropiques. Mais l'histoire et les médias montrent aussi comment des conceptions religieuses peuvent être utilisées à mauvais escient et servir d'alibi à des actes répréhensibles. L'histoire de l'humanité affiche depuis toujours un cortège d'horreurs perpétrées au nom des dieux, des patriarches ou des ancêtres.

Jésus a réussi à empêcher un groupe d'hommes de lapider une femme adultère. Mais on continue à lapider et qui plus est on a vu des cas où le violeur est en liberté tandis que la femme violée est condamnée à la mort par lapidation.

Récemment, dans un pays arabe, un homme a été exécuté pour avoir essayé, par des pratiques magiques, d'ensorceler et de séparer un couple marié. Dans ce même pays, une femme a été condamnée à être décapitée pour avoir rendu un homme impuissant en ayant recours à la magie. Rendre un homme impotent est certes répréhensible... mais ici, je combats l'idée que la « magie » et des « pratiques magiques » puissent être appréhendées comme des phénomènes réels. Il me semble qu'il est important de souligner que le mal commis par des êtres humains est dû précisément à des êtres humains, et n'est pas l'œuvre de démons ou d'esprits malfaisants !

Dans de nombreuses régions d'Afrique, d'Asie ou d'Amérique latine, la sorcellerie, la magie noire et les traditions ancestrales jouent un si grand rôle qu'elles dominent la vie de millions de personnes. Mais la superstition est également florissante dans les pays industrialisés. Une grande partie de la population de l'Europe et des États-Unis déclare croire en la résurrection, en la possession par des esprits malins, en des phénomènes

« civilisés » tels que la voyance, la télépathie et la précognition, et en la possibilité de communiquer avec des morts.

J'ai écrit que les conceptions religieuses peuvent être « utilisées à mauvais escient », mais la torture et les violences ont aussi leur ancrage dans les paradigmes religieux. Le zèle contre certains ennemis, la superstition ou la valeur de groupes entiers de population ne prennent sens que dans des modèles divins. Pour les fondamentalistes – et il y en a dans tous les coins du monde –, tout ce qui est écrit dans les vieux textes sacrés révélés constitue la norme. C'est la raison pour laquelle nous avons en permanence besoin d'une critique de la religion !

* * *

Tu es là, Solrun ?

Oui, Steinn. Je dois juste digérer un peu ce que je viens de lire avant de te répondre. Attends juste un peu.

J'attends.

Je suis d'accord avec toi sur le dernier point et j'approuve tout à fait tes critiques envers le dogmatisme et le fondamentalisme. Même si je trouve dans le Nouveau Testament beaucoup de raisons de me réjouir et de m'interroger, je ne crois pas pour autant que la Bible ait été dictée, mot par mot, par Dieu. Le pilier de ma foi se fonde sur la croyance en la résurrection du Christ.

Tout à l'heure, Niels Petter est remonté sur l'échelle en aluminium et a peint une « troisième » couche sur l'encadrement des fenêtres ! En ce moment il est en train de cueillir des framboises. Il fait tout ce qu'il peut pour traîner dans le jardin, parce que je suis là avec mon ordinateur. Une fois il m'a demandé ce que j'écrivais et je lui ai répondu la vérité.

– Je suis en train d'envoyer un mail à Steinn, ai-je dit.

Est-ce que tu as encore d'autres choses à me dire ou en as-tu terminé avec ta critique de la religion ? Je trouve que tu as pu dire pas mal de choses. C'est peut-être assez ?

Non, il me reste encore une chose à ajouter.

Alors, vas-y, Steinn ! Ici au moins il n'y aura pas de censure.

Dans ces religions révélées, une grande partie de la foi est fondée sur l'idée que la vie n'est qu'un passage avant d'accéder au Ciel qui est la fin du voyage. Vues sous cet angle, les contingences matérielles ici-bas importent moins puisqu'il y a une autre existence plus grande et plus authentique dans l'au-delà.

En tant que climatologue, je ne me lasse pas de rappeler que nous n'avons peut-être que cette Terre à laquelle nous accrocher. Mais beaucoup de gens vivent avec le sentiment qu'au fond peu importe si nous ne prenons pas soin de cette planète et de notre environnement, puisque le jugement de Dieu et la rédemption pour les croyants sont proches. Si l'on partage ce point de vue, l'existence terrestre n'est plus qu'une étape intermédiaire. Certains cercles de croyants prévoient même un effondrement de la biosphère parce qu'ils y voient un présage de la fin des temps et du retour de Jésus. C'est effectivement ce qu'on peut lire dans les Saintes Écritures !

Selon un sondage pour CNN, 59 % des Américains croient dans les prophéties de Jean, à savoir que le jour du Jugement dernier arrivera en même temps que cette Apocalypse décrite avec beaucoup d'imagination. Mais cela va plus loin. Un peu partout, des prédicateurs et des pasteurs préparent le terreau pour des conflits internationaux et peuvent exercer une influence souterraine dans les plus hautes sphères politiques, notamment aux États-Unis.

Tu sais que je suis aux antipodes de craindre les prophéties du Jugement dernier, tout comme toi d'ailleurs. Mais les prophéties qui s'accomplissent toutes seules me terrifient. Car je ne suis pas sûr que nous ayons un ciel et une Terre de rechange. Pourtant nous n'avons pas d'autre lieu d'appartenance que cette Terre. C'est pourquoi il faut avant tout se sentir responsable de cette planète et prendre soin d'elle et de la diversité des espèces qui y vivent.

Bien sûr, Steinn, que nous devons prendre soin de cette planète. Mais je trouve que tu rejettes bien facilement sur les croyants la faute pour les destructions de l'environnement. Nous sommes nombreux, parmi les croyants, à respecter davantage la nature que ceux qui ne croient en rien. Ne vois-tu pas que la surconsommation insensée dans de grandes parties du monde est le fruit d'un capitalisme effréné ? L'exact contraire d'une orientation spirituelle, si tu veux mon avis. Actuellement, on fait marche arrière pour essayer de réduire les émissions de gaz à effet de serre. Mais on évite bien de parler de la réduction de notre consommation et de mettre en cause cette politique d'aller toujours de l'avant, de prendre et de jeter à tout va. Nous vivons une époque historique que nos descendants qualifieront peut-être de *fascisme de la consommation*. Je suis en effet persuadée que l'idéologie des consommateurs de notre époque peut tout à fait s'interpréter comme un substitut à la religion.

Tu as peut-être raison sur ce point, et je veux bien te le concéder. Je n'ai pas de preuves pour affirmer que ceux qui croient à une existence après celle-ci sont moins concernés par le respect de la planète que ceux qui ne partagent pas leurs croyances. Mais je mets en garde ceux qui s'appuient sur l'idée que « le ciel et la Terre vont disparaître » et qu'un nouveau monde les attend, avec la rédemption pour les croyants.

Chez moi, en tout cas, il y aura bientôt un petit changement de décor. Je crois que les miens ont atteint un degré de saturation vis-à-vis de mon attitude si distante aujourd'hui. Je dois avouer que je me suis isolée de manière éhontée. Le summum a été atteint quand j'ai branché la rallonge pour l'amener jusqu'à la table du jardin. C'est notre dernier jour ici, et voilà que j'ai passé plus de six heures avec toi, interrompues seulement par quelques inspections de mes plates-bandes avec un énorme arrosoir en attendant le signal de ma messagerie. Le temps de poser l'arrosoir et je me précipitais déjà devant mon bel ordinateur. Niels Petter ne me regarde plus quand il passe. Il louche.

Voilà, j'ai enroulé la rallonge électrique et je l'ai rangée dans la remise à outils. Ma batterie est entièrement rechargée, mais mon bol de cerises est vide.

Il est temps pour moi de faire amende honorable. Je leur ai annoncé que j'allais préparer un bon plat et qu'ils n'auraient plus qu'à mettre les pieds sous la table. Les garçons sont revenus ce matin avec trois gros cabillauds, je les ai à peine regardés – les poissons, je veux dire – mais je leur réserve aussi une bouteille de vin rouge de Bourgogne. Ce sera mon petit effet de surprise pour aujourd'hui ou, devrais-je dire, mon écot ou mon « indulgence ». En effet, j'ai caché cette bouteille dans un tiroir de la commode sous des nappes de lin, en prévision d'un éventuel repas de poisson, le dernier soir.

Les garçons partent toujours à la pêche le dernier jour et même avec des sacs isothermes, je n'aime pas rentrer en ville avec du poisson. Ce n'est pas le style des gens de Bergen de se promener sur la côte ouest avec du cabillaud dans un sac isotherme. Nous préférons aller sur le port pour acheter du poisson vivant.

J'aimerais bien que tu me racontes un peu comment s'est passée l'inauguration de l'exposition sur le climat.

Je mets la casserole avec le poisson au court-bouillon sur le feu, j'épluche quelques pommes de terre locales, je prépare une salade et je mets la table. Puis je reviendrai lire ce que tu auras écrit. Mais, pour ma part, je n'écrirai plus rien aujourd'hui.

D'accord ?

Je m'exécute. Après ton départ, j'ai d'abord fait les cent pas sur la grande pelouse près du fjord, puis je suis monté dans ma chambre prendre une douche avant de redescendre dans le salon. J'ai salué certains des invités, avant d'assister à un mini-séminaire sur la fonte des glaces, le climat et la recherche aux pôles au Kafé Mikkel. Après un verre de vin blanc et une introduction intéressante retraçant l'histoire de l'hôtel, du village et du tourisme généré par les glaciers, nous avons été conviés à déjeuner. J'ai été très flatté d'être placé à la table d'honneur.

À la fin, j'ai voulu commander un verre de calvados. Je n'arrêtais pas de penser à toi – ou à nous – et à notre voyage en voiture en Normandie. Mais ils n'en avaient plus. J'ai refusé vigoureusement le verre de cognac offert par la propriétaire – elle avait dû entendre dire que j'étais celui qui allait tenir le discours à table le lendemain – et j'ai demandé plutôt une pression et un verre de vodka, à mettre sur ma note.

J'ai regagné ma chambre de bonne heure et me suis endormi presque aussitôt. Je n'avais pas seulement bu un peu de bière et de vodka. Je t'avais revue en ces lieux et j'étais remonté au Fjellstølen. Et surtout, j'étais repassé devant le bois de bouleaux.

Tôt le lendemain, j'ai été réveillé par le cri des mouettes ; quand je suis redescendu pour prendre mon petit déjeuner, on était justement en train d'ouvrir les portes de la salle à manger. Ce matin-là aussi, je suis sorti sur la terrasse avec ma tasse de café à la main. Mais tu étais partie. Je me suis attardé, seul dans le soleil matinal, à entendre le bruissement des feuilles du hêtre pourpre. Les mouettes criardes survolaient le bâtiment de Samvirkelaget et l'ancien débarcadère. Au loin, dans une barque, une silhouette en vert pêchait sur le fjord.

Quelque chose en moi se rebellait contre le côté trop idyllique de cette matinée.

Arrivés au musée du Glacier, on nous a montré la hauteur qu'atteindra le fjord dans quelques décennies, si nous n'arrivons pas à inverser la tendance et à freiner ces changements climatiques. Je me suis demandé s'ils avaient bien pris en considération le fait que tous les sédiments, charriés par le glacier, se déposent en permanence et élargissent le delta, en gagnant du terrain sur le bras du fjord. Aujourd'hui on cultive des pommes de terre là où se trouvait il y a mille ans un port viking !

Pour visiter l'exposition, on nous a fait entrer par petits groupes dans une pièce où, à grand fracas (au sens littéral du terme), nous avons vécu la formation de la Terre il y a 4,6 milliards d'années. Dans la pièce suivante, nous avons pu découvrir à quoi ressemblait la vie sur notre planète, voici environ quarante millions d'années, puis comment les premières glaciations ont laissé leur empreinte à la surface du sol. Nous avons ensuite eu droit à une démonstration pour expliquer le processus de l'effet de serre, et nous faire comprendre que la vie aurait été impossible sur la planète s'il n'y avait pas d'effet de serre du tout. On a aussi vu que l'effet de serre dû aux hommes avait un impact négatif sur le très ancien équilibre du carbone, et, un peu plus loin, à quoi ressemblera la Terre en 2040 et en 2100, si nous ne prenons pas des mesures drastiques pour limiter les émissions de gaz. C'était tout sauf réjouissant. Mais, heureusement, il y avait aussi un aperçu de notre planète en 2040 et 2100 si nous réussissons à contenir la population mondiale et agissons pour limiter les émissions de ces gaz et arrêter la déforestation – plus particulièrement celle de la forêt tropicale. Il est encore possible de remettre cette Terre sur de bons rails. Dans la dernière pièce, des vidéos nous ont présenté l'extraordinaire biodiversité de notre planète. Les commentaires étaient dus à la plume de David Attenborough. Pour accompagner les images magnifiques des espèces végétales et animales, il dit tout à la fin : *Il est encore temps d'agir pour changer le monde et maintenir la vie sur cette planète. C'est le seul foyer que nous ayons...*

Après l'inauguration solennelle, nous sommes allés en bus près du glacier de Supphellebreen où une réception était organisée en plein air – mousseux, fraises et petits-fours. Le personnel de l'hôtel avait tout préparé pendant que nous visitions le musée du Glacier. La charmante propriétaire, qui n'avait pas dû chômer ces dernières vingt-quatre heures, n'a pas tardé à m'apercevoir.

Elle est venue vers moi, le sourire aux lèvres, et m'a demandé chaleureusement de tes nouvelles.

– Où est votre femme ? a-t-elle dit.

Je n'ai pas eu le courage de la décevoir, vraiment je ne pouvais pas, Solrun, alors je lui ai simplement dit que tu avais quitté Fjærland pour des obligations familiales.

– Les enfants ? a-t-elle voulu savoir.

– Non, c'est à cause d'une vieille tante, ai-je menti.

Elle est restée pensive une seconde ou deux, se demandant peut-être si elle pouvait se permettre d'être indiscrète.

– Mais vous avez bien des enfants, n'est-ce pas ?

Que voulais-tu que je dise ? J'avais déjà commencé à mentir et je n'avais pas la force de lui expliquer qu'on s'était retrouvés là par le plus grand des hasards, après être restés plus de trente ans sans se voir. J'ai fait de mon mieux pour rester dans le vague.

– Deux, ai-je répondu en hochant la tête.

Ce n'était pas si loin de la vérité puisque je pensais à tes deux enfants et aux deux miens.

Mais elle n'a pas voulu me lâcher, elle voulait en savoir plus sur nos enfants, et je ne sais pas pourquoi mais je n'ai parlé que de ceux de Bergen, je n'ai pas dit un mot sur mes filles. J'ai été aussi bref que j'ai pu en glissant qu'Ingrid avait dix-neuf ans et Jonas seize – alors que je venais de l'apprendre quelques heures auparavant. Ainsi, je n'avais menti qu'à moitié, car on dit que tout menteur doit avoir une bonne mémoire. En d'autres termes, j'ai fait comme si j'étais ton mari.

Elle a dû procéder à un rapide calcul mental car elle m'a dit :

– Ah bon ? Vous avez donc attendu longtemps avant d'avoir des enfants.

Elle avait dû espérer avoir la confirmation que nous avions conçu un enfant ici à l'hôtel Mundal, lorsque nous étions venus ici tout jeunes.

Mais j'ai montré du doigt le glacier et dit :

– Il était beaucoup plus étendu avant, non ?

Elle a fait oui de la tête en riant. Je n'ai pas compris pourquoi elle a ri.

– Cela m'a fait tellement plaisir de vous revoir tous les deux ! s'est-elle écriée.

Dans ma tête, mes pensées se bousculaient. Comme si je repassais le film de la vie qu'on avait vécue chacun de notre côté. Mais je revoyais aussi le débarcadère du ferry à Revsnes, les voitures de police à Leikanger et le bois de bouleaux en remontant la vallée de Mundal.

J'ai encore hoché la tête en regardant le glacier.

– Je m'inquiète davantage pour les glaciers de l'Himalaya, ai-je dit. Eux aussi reculent, il y en a des milliers et ils alimentent des centaines de millions d'hommes en eau potable.

J'ai accepté qu'elle remplisse de nouveau mon verre, je me suis détourné pour couper court à d'autres questions et j'ai longé la rivière d'un vert bleuté. Tout en marchant, j'ai réfléchi au livre que tu avais emporté dans la chambre ce soir-là et que tu as rapporté à Oslo. Après notre rencontre avec la « Femme aux airelles sauvages », ce fut une sorte d'épée entre nous. Si tu n'étais pas tombée sur ce livre, nous vivrions peut-être ensemble à l'heure qu'il est. Et toi, qu'est-ce que tu en penses ?

Tant de pensées m'assaillent, Steinn, mais je suis obligée d'arrêter. J'éteins l'ordinateur, je reprendrai cette conversation à Bergen un de ces jours.

IV

Attablée à mon bureau devant la fenêtre de Skansen, j'ai une belle vue sur Bergen. Il fait un temps radieux mais on sent déjà l'automne. Pour la première fois cette année, je remarque quelques feuilles jaunes dans les arbres. Les jours raccourcissent.

J'ai retrouvé mon ancienne chambre de jeune fille. Cela a été celle d'Ingrid quand elle a eu trois ans, mais je l'ai récupérée quand elle a déménagé il y a quelques mois pour partager un appartement avec d'autres filles à Møhlenpris. J'étais trop heureuse d'être à nouveau dans cette pièce. J'ai arraché le vieux papier peint, raboté le parquet et repeint les murs jaune crème. Maintenant cette chambre est redevenue mon antre. Je l'appelle la bibliothèque, mais Niels Petter fait comme si c'était ma chambre. C'est un être généreux.

Ingrid était si mignonne. Lorsqu'elle et un camarade ont emporté ses affaires – il restait encore quelques cartons remplis de vêtements et de cintres –, elle m'a embrassée en me remerciant de lui avoir prêté ma chambre. Elle m'a remerciée de lui avoir prêté une pièce qu'elle a occupée depuis l'âge de trois ans ! Il faut dire qu'elle a toujours su que cela avait été mon ancienne chambre.

Je n'ai vécu que cinq ans en dehors de cet appartement.

Cet après-midi-là, lorsque je me suis retrouvée dans le train express, j'ai fondu en larmes. À ton avis, qu'ai-je fait à Haugastøl ? Avant d'arriver à Finse, le contrôleur s'est assis à mes côtés pour me consoler. Je ne disais pas un mot, il ne m'a pas posé de questions, il a juste cherché à me consoler. Après être descendu à Myrdal pour agiter son drapeau vert, il est revenu. Je continuais à pleurer. Alors il m'a donné une tasse de thé, pas le genre de thé en sachet qu'on peut acheter au bar ambulant, mais une vraie tasse de thé. J'ai réussi à lever les yeux et j'ai esquissé un sourire. J'ai formulé un vague « Merci beaucoup », mais je n'avais pas la force de lui parler de notre aventure à l'âge de pierre.

Il fallait que je rentre. Il fallait que je revienne chez papa et maman. C'était ma seule certitude. Je ne les avais même pas prévenus que je venais. Je devais franchir le seuil de la maison, impossible de me projeter plus loin. Ils n'auraient pas d'autre choix que de m'accepter dans l'état où je serais en arrivant.

Je me suis réinstallée dans ma chambre de jeune fille. Quand, des années plus tard, j'ai rencontré Niels Petter, mes parents s'étaient lancés dans des travaux pour agrandir la vieille maison qu'ils avaient héritée de grand-mère, sur l'île d'Ytre Sula. Papa avait commencé à « lever le pied », comme il disait, et il a fini par vendre toute l'agence. C'est ainsi qu'il est soudain devenu un homme aisé. Il n'arrêtait pas de dire :

– On est bien à Bergen, Solrun. Mais sur le plan de la santé, je ne crois pas que ce soit une bonne chose de *mourir* en ville.

Alors ils ont vécu plus de vingt ans là-bas, à Kolgrov. Comme quoi, il n'avait pas tout à fait tort. Papa s'est endormi pour de bon, sans prévenir, il y a trois ans de cela. On m'a raconté qu'il était dans son grand fauteuil, un verre de cognac à la main – un verre ancien de famille – qui s'est brisé par terre, un quart de seconde après son dernier souffle. Et comme j'ai dû te le raconter, maman est morte cet hiver. J'étais auprès d'elle et je lui ai tenu la main. Elle n'avait plus que moi.

Lorsque je suis venue à Oslo pour étudier, j'avais exactement l'âge d'Ingrid. Quand j'y pense ! Comme nous étions jeunes !

Quelques semaines s'étaient écoulées depuis mon arrivée à la gare Østbanen, nous avions déjà fait connaissance, cela s'était produit à Château-Neuf – la maison de la culture des étudiants – après la conférence d'un jeune philosophe. Tu voulais du feu pour ta cigarette, ce n'était peut-être qu'un prétexte, mais à partir de ce soir-là on ne s'est plus quittés. Dès le mois d'octobre, nous avons emménagé dans le modeste appartement de Kringsjå. Certains de nos amis étudiants à l'université de Blindern nous jetaient parfois des regards envieux, tellement nous vivions dans un monde à part. Nous étions si heureux !

C'est normal que j'aie pleuré dans le train. J'ai pleuré pendant tout le trajet, jusqu'à Bergen. Je n'y comprenais rien. Je comprenais seulement que nous avions deux façons de penser radicalement différentes, mais de là à ne plus vivre ensemble ? Nous n'étions quand même pas le premier couple au monde où l'un ne partage pas la foi de l'autre. À moins que tu ne penses qu'un croyant et un non-croyant ne peuvent en aucun cas vivre comme homme et femme sous le même toit ?

Comme tu détestais les livres que je lisais à l'époque, Steinn ! Et particulièrement l'un d'eux. Tu le méprisais et ce mépris retombait aussi sur moi qui le lisais. Ou était-ce simplement de la jalousie ? Pendant cinq ans, toute mon attention n'avait été dirigée que vers toi, je n'avais eu d'autres pensées que toi, et nous deux. Mais suite à la rencontre avec la Femme aux airelles et à la lecture de ce livre emprunté à l'hôtel, ma croyance en une vie après celle-ci est devenue encore plus forte. Cela dit, en quoi te gênait-elle ?

Qui es-tu, au fond ? Aujourd'hui, s'entend. Je t'ai déjà demandé ce en quoi tu crois, et tu m'as fait tout un exposé sur les sciences de la nature, en somme le parfait décalque de ce que tu enseignes dans ta faculté. On ne peut vraiment pas dire que tu sois un dissident ! Les thérapsides et l'*Australopithecus*, et j'en passe et des meilleures. Je t'ai donc reposé la question – Est-ce que tu crois en quelque chose ? – et en guise de réponse tu m'as dressé la liste de tout ce en quoi tu ne crois pas. Mais je n'abandonne pas la partie pour autant, je suis quelqu'un de têtu, Steinn, et tu es bien placé pour le savoir. Je voudrais que tu reviennes exactement à ce qui fut le point de départ de cette discussion. Avant d'aborder plus longuement mes convictions personnelles, j'aimerais que tu te remémores l'enchantement que nous ressentions à être en vie, sans faire ni toi ni moi le moindre plan sur la comète.

C'est quoi, le monde, Steinn ? C'est quoi, un être humain ? Quelle est cette aventure des étoiles où nous flottons tels des fragments de conscience, de psyché, d'esprit, d'âme apparus comme par enchantement ? Peux-tu entrevoir la moindre lueur d'espoir pour des âmes comme les nôtres ?

Me revoilà !

Cela m'a rendu triste, bien sûr, de lire ce que tu racontes sur ton voyage à Bergen.

Tu mets par ailleurs le doigt sur un point très juste. Jusqu'ici je me suis peut-être cantonné à des réponses ennuyeuses et convenues aux grandes questions que tu m'as posées. Qui sait si avec les années, à force d'études et de recherches, je ne suis pas devenu un peu borné, en voyant toujours tout à travers le prisme de ma matière ? Dans notre profession, on ne doit s'en tenir qu'aux faits. On peut avancer des hypothèses et des théories, mais elles doivent être fondées sur un domaine où nous pensons posséder quelque connaissance.

Peut-être est-ce le terme « foi » qui m'induit en erreur, car il ne fait pas partie de mon vocabulaire. Je préfère parler d'« intuition ». J'ai davantage d'intuition que de foi, et peut-être encore plus dès qu'il est question de conscience.

Eh bien, explique-moi cela, Steinn. Je trouve aussi qu'« intuition » est un bon mot. Tu peux par exemple me raconter ce dont tu as rêvé la nuit qui a précédé nos retrouvailles là-haut. Ne m'as-tu pas dit qu'il s'agissait d'un rêve cosmique ?

Si, et il ne m'a pas encore quitté. C'est comme si mon corps avait réellement éprouvé ce qui s'est déroulé dans le rêve. Oui, je me trouvais vraiment dans ce vaisseau spatial...

Je suis curieuse d'entendre la suite !

Mais toute la journée précédente – je veux dire, avant qu'on se revoie – est aussi marquée au fer rouge. J'ai beau avoir traversé le pays en train, en bus et en ferry, j'ai encore du mal à séparer cette journée du rêve qu'elle allait engendrer. Alors commençons donc par là.

Commence où tu veux, mais n'oublie pas de me raconter ton rêve. Tu n'es pas pressé par le temps car, pour diverses raisons, je ne serai pas de retour devant l'écran avant demain soir. L'une d'elles est que je ne peux pas passer mes journées devant l'ordinateur, tant que Niels Petter est à la maison. Non que ça l'insupporte, mais c'est moi qui ne supporte pas l'idée qu'il soit là et m'entende appuyer sur les touches. C'est quelque chose qui me dérange également. Comme quand on est obligé d'entendre les conversations téléphoniques des autres, par exemple dans le bus, en taxi ou sur un sentier dans la forêt de Nordmarka. C'est une sensation à la fois gênante et désagréable. Demain, nous avons une réunion de prérentrée avec l'ensemble du corps enseignant. En fait, je suis contente d'y aller. J'ai hâte que la vie reprenne son cours normal.

Eh bien, c'est parfait, cela me laisse du temps. Je ne sais pas encore quand je te referai signe.

Prends le temps qu'il te faut. Je suis là, Steinn.

Mais il est en train de me regarder, alors il vaut mieux que je m'arrête là. Je vais lui proposer de boire un verre de vin rouge. Histoire de bien dormir, comme je dis, ou *nightcap*, pour reprendre le jargon de la maison.

Pour la première fois, cette année, il a allumé un feu dans la cheminée. C'est agréable.

V

On est le mardi 17 juillet 2007. Je me suis réveillé aux aurores à cause d'un violent orage. La journée s'annonce grise, de lourds nuages de plomb se sont accumulés au-dessus d'Oslo. Je vais prendre le train pour Gol, et de là un bus m'amènera à Lærdal et Fjærland, un voyage de presque neuf heures en tout. Je n'ai jamais aimé prendre seul la voiture, je préfère dans ce cas utiliser les transports en commun, comme ça je ne pense à rien, je peux lire ou juste me détendre.

Ce matin-là, Berit m'a déposé en voiture à la gare de Lysaker, elle devait de toute façon passer chez son père et lui rapporter des vêtements du pressing. J'ai attendu quelques minutes sur le quai avant l'arrivée du train de Bergen à huit heures vingt et une. Il y avait encore pas mal d'éclairs ici et là, c'était une matinée d'été vraiment morose. Il ne pleuvait pas, mais les nuages d'un gris charbonneux donnaient l'impression qu'il faisait encore nuit. Pourtant les journées sont longues à cette époque de l'année. Puis le train de Bergen est entré en gare, j'ai trouvé ma place, j'avais comme d'habitude réservé un côté fenêtre ; c'était la place 30 voiture 5.

On a vite atteint Drammen, et le voyage s'est poursuivi vers le nord, le long du fleuve de Drammen, en direction de Vikersund et Hønefoss. La couche de nuages était encore basse et les cimes des arbres disparaissaient dans le brouillard, mais entre les deux la visibilité était bonne. Le fleuve de Drammen avait un fort débit, de même le long du Tyrifjord, où le niveau de l'eau atteignait la base des troncs d'arbres et plusieurs embarcadères étaient immergés. Cela s'est produit plusieurs fois cet été, c'est ce que les paysans appellent un été catastrophe, car plusieurs régions du pays ont été touchées par d'importantes inondations, particulièrement le long de l'embouchure du fleuve de Drammen.

Je ne sais pas si cela avait un rapport avec le temps, mais à peine m'étais-je assis que j'ai ressenti un état de grande lucidité. J'avais soudain l'esprit plus en éveil. Je me sentais revivre dans ce compartiment jaune qui filait à travers un paysage de brouillard. Et je me suis demandé : qu'est-ce que la conscience ? Qu'est-ce que la mémoire et la réflexion ? Qu'est-ce que veut dire « se souvenir » ou « oublier » ? Est-ce que la conscience est un accident cosmique ? Est-ce le fait d'un pur hasard que cet univers, aujourd'hui, ait conscience de lui-même et de sa propre évolution ? Ou n'est-ce qu'un trait caractéristique de la nature de cet univers ?

Ce n'était pas la première fois que je réfléchissais à cette question fondamentale qui, sous cet aspect, est limpide comme de l'eau de roche. J'ai déjà soulevé ce même problème devant des biologistes et des astrophysiciens, et leur toute première réaction a toujours été une sorte de refus ou de gêne vis-à-vis de sa formulation. Certains ont même été gênés pour moi. Poser de telles questions – de la part d'un scientifique – semble d'une terrible naïveté. Quand je précise que j'attends seulement une réponse intuitive de leur part, ils confirment le plus souvent mon assertion.

– Oui, le phénomène de la conscience n'est rien d'autre qu'un accident cosmique, m'ont-ils soutenu.

Cet univers ne répond à aucune intention, aucune finalité ou essence : voilà posée une condition qui, en général, va de soi. Que la vie ait surgi ici, et que la biosphère ait développé ce que tu appelles des « perles magiques » de conscience, n'est que l'effet d'un hasard aveugle. Ou, comme l'exprime le biologiste français Jacques Monod : « L'apparition de la vie elle-même et, au sein de la biosphère, l'émergence de l'homme ne peuvent être conçues que comme le résultat d'un fantastique jeu de hasard où notre numéro a fini par sortir ; la vie aurait pu ne pas apparaître et, de toutes les façons, le cosmos insondable qui nous entoure s'en souciait comme d'une guigne. » Ou encore, toujours dans son livre *Le Hasard et la Nécessité* : « L'univers n'était pas gros de la vie, ni la biosphère de l'homme. Notre numéro est sorti au jeu de Monte-Carlo. »

Monod rejette ainsi la catégorie de la vie comme un phénomène cosmique fondamental ou essentiel, et il soutient la thèse selon laquelle « la biosphère ne contient pas une classe prévisible d'objet ou de phénomènes, mais constitue un événement particulier, compatible certes avec les premiers principes, mais non déductible de ces principes. Donc essentiellement imprévisible » (*Le Hasard et la Nécessité*).

Ceci est une précision qui a son importance, on peut bien sûr penser que l'affirmation de Monod est juste – même s'il paraît difficile de montrer du doigt la moindre instance qui puisse en apporter la vérification. « Imprévisible » doit dans ce contexte signifier que nous parlons de phénomènes qui sont si particuliers qu'ils se trouvent pour ainsi dire tout à fait à la périphérie des lois physiques.

Mais ce n'est pas dans ce domaine que je me situe. Pendant tout le temps que nous avons vécu ensemble, j'ai eu la perception intuitive que l'apparition de la vie et de la conscience est précisément la caractéristique de la nature de cet univers. Alors, j'ai peut-être malgré tout quelque chose d'un dissident. À défaut de l'être en tant que citoyen du monde, je le suis du moins en tant que chercheur à l'université de mathématiques et des sciences de la Terre. La plupart des astronomes, physiciens et biologistes que j'ai rencontrés soutiennent en effet la thèse contraire : ni la vie, ni la conscience ne peuvent émaner d'une nature inanimée comme étant un produit « essentiel » ou « nécessaire ».

Le paradigme même de la compréhension dans les sciences de la nature aujourd'hui semble supposer que les atomes et les particules subatomiques, ou les étoiles et les galaxies, la matière sombre et les trous noirs, sont des expressions plus essentielles de la vraie nature de l'univers que ne le sont la vie et la conscience ; ces dernières, selon une science réductionniste, ne représentent rien d'autre que des aspects de la nature complètement arbitraires, accidentels et donc « inessentiels ». Qu'il existe des étoiles et des planètes est une conséquence nécessaire du big-bang. Qu'il existe aussi la vie et la conscience est dû à un simple coup de chance, un hasard monstrueux, une anomalie cosmique.

Voilà où j'en étais de mes réflexions quand le train est entré en gare de Hønefoss. Juste au-dessus de la porte de notre compartiment, un écran lumineux indiquait : *Hønefoss, 96 mètres d'altitude*. Deux passagers se sont précipités dehors pour fumer une cigarette.

Un ciel lourd et menaçant flottait toujours au-dessus du paysage. Un coup de sifflet, et le train est reparti, longeant des champs verts et jaunes d'un côté, et des collines boisées de l'autre. Des touffes sombres de nuages frôlaient la cime des sapins.

J'ai essayé de me rappeler comment tout avait commencé, oui, j'ai essayé de me rappeler l'histoire de l'univers.

Les protons et les neutrons ont été formés par les quarks, quelques microsecondes après le big-bang. Peu après, les noyaux d'hydrogène et les noyaux d'hélium se constituèrent. Les atomes entiers avec leur écorce d'électrons ont surgi seulement des centaines de milliers d'années plus tard. Seuls – ou presque – l'hydrogène, l'hélium et les atomes plus lourds ont été, semble-t-il, « forgés » ou « cuits ensemble » lors de la première génération d'étoiles, puis éparpillés pour se développer dans l'univers. Avec les atomes plus lourds, nous commençons en effet à nous approcher de la vie et de notre propre jardin, car nous sommes composés de ces atomes, à l'image de la planète sur laquelle nous vivons.

La masse de « nos » atomes ou leur capacité à se lier entre eux sont loin d'être accessoires. Les atomes qui nous constituent se trouvent partout dans l'univers. C'est pourquoi on peut dire qu'ils sont essentiels à la nature de cet univers. La physique des particules, qui nous a permis récemment de nous former une image des premières minutes de l'univers, est en mesure de nous expliquer avec exactitude pourquoi les atomes s'unissent nécessairement entre eux par des liaisons chimiques pour constituer ce que nous appelons les molécules.

La vie est constituée à partir de ce qu'on appelle les macromolécules, plus complexes et, d'un point de vue cosmique, beaucoup plus rares. Sur notre propre planète, ce qui est fondamental pour toute vie, ce sont ces macromolécules telles que les protéines et les acides désoxyribonucléique (l'ADN, l'invariant biologique fondamental) et ribonucléique (l'ARN) qui déterminent la formation des protéines et qui se trouvent dans le bagage génétique de tous les organismes. Globalement parlant, la vie sur Terre dépend des liaisons de carbone, de l'énergie (la lumière du Soleil) et de l'apparition de l'eau sous forme liquide ; autrement dit, les molécules prébiotiques se seraient ainsi formées dans des milieux riches en composés carbonés, azotés et en eau, dont les conditions physiques auraient favorisé leurs interactions.

Comment les macromolécules de la vie ont pu se former sur la Terre, il y a presque quatre milliards d'années, ne constitue plus une grande énigme. Beaucoup de petites énigmes subsistent, mais, par la théorie et l'expérimentation, la biochimie a montré comment les éléments de construction, tel un Lego, peuvent s'être formés dans l'atmosphère privée d'oxygène de notre planète originelle. Il fallut en effet attendre la photosynthèse des plantes pour qu'apparaissent une atmosphère riche en oxygène et une couche d'ozone protégeant la vie sur la Terre contre le rayonnement cosmique.

Dans la mesure où les sciences physiques pensent être capables d'expliquer l'apparition de la vie sur Terre, par exemple à partir d'une « soupe originelle » de macromolécules, elles reconnaissent ce faisant que, dans une telle « soupe originelle », il est *vraisemblable* que la vie peut jaillir. Tout ce qui se passe dans la nature est le fruit de la nécessité. Alors pourquoi cela ne serait-il pas aussi le cas pour l'apparition de la vie ?

Nous savons aujourd'hui que nombre d'éléments de construction de la vie peuvent être produits de manière synthétique par de simples liaisons chimiques. Il n'existe plus de distinction claire entre ce qu'on appelait autrefois la chimie organique et la chimie inorganique. On a prouvé la présence, dans l'univers, de ces molécules qui constituent la vie. Le milieu interstellaire, avec ses nuages diffus ou denses, est enrichi en éléments lourds et en poussières carbonées et silicatées, siège d'une chimie moléculaire intense. On a découvert il y a quelques années dans ces nuages moléculaires ce qui pourrait être le précurseur de la glycine, le plus simple des acides aminés de la vie terrestre. On trouve de telles molécules aussi bien dans les queues des comètes que dans les galaxies lointaines, situées à des milliards d'années-lumière de la Voie lactée. Mais l'astrochimie est une branche de la science qui en est encore à ses balbutiements.

La vie ou les molécules de la vie sur notre planète ne sont donc pas nécessairement apparues ici. Elles peuvent aussi être venues de l'univers, par exemple apportées par des comètes, ces objets célestes qui se déplacent sur des orbites instables. Les chercheurs pensent qu'une grande fraction de l'eau terrestre a été fournie précisément par ces comètes.

Dans la réalité, je me trouvais dans un train, occupé à retracer l'histoire de l'univers. Ce qui s'était passé était remarquable, mais que je porte en moi la mémoire de cette étonnante histoire l'était tout autant.

Heureusement, j'étais assis dans le sens de la marche – je le demande toujours au moment de la réservation – et sur ma gauche, j'ai aperçu le lac de Krøderen. Des nuages bas, cotonneux, flottaient au-dessus de l'eau tels des zeppelins albinos, tandis qu'un ciel de plomb se reflétait dans le lac et l'assombrissait comme si on était en automne. Il ne pleuvait toujours pas.

Notre planète est le seul endroit dans tout l'univers où nous savons avec certitude qu'il y a de la vie. Voilà à peine quelques années, on a démontré qu'il existait des exoplanètes, c'est-à-dire des planètes en dehors de notre système solaire. S'il a fallu attendre si longtemps, c'est parce que la technologie d'hier ne permettait pas de démontrer l'existence de corps célestes extrasolaires. Mais on a découvert récemment des centaines de planètes et l'on suppose à présent que des corps célestes seraient en orbite autour d'au moins 25 % des étoiles qui ressembleraient en cela à notre Soleil.

Si l'on demande aujourd'hui à des astronomes s'ils croient que la vie existe sur d'autres planètes dans l'univers, la plupart répondront que oui. L'univers est si vaste que ce qui est survenu hier dans notre petite arrière-cour a forcément dû se produire à beaucoup d'autres endroits. Le paradoxe est que nombre de ces mêmes astronomes – sans y réfléchir à deux fois – continuent à souscrire au dogme de Jacques Monod disant que l'univers n'était pas « gros » de la vie. Mais si l'univers n'était pas gros de la vie, comment expliquer la relation entre l'univers et son fruit le plus remarquable ?

Il y a encore quelques années circulaient les représentations les plus farfelues sur la vie extraterrestre, mais, de nos jours, l'astrobiologie se préoccupe surtout de chercher des traces d'eau. Il apparaît de plus en plus comme un paradigme biochimique que là où il y a de l'eau, on peut aussi trouver de la vie. La stupéfaction serait peut-être plus grande si l'on découvrait un jour une petite planète luxuriante, couverte de lacs et d'eau *sans qu'il y ait pour autant de la vie.*

Les éléments de base sont donc universels et se déduisent directement des « premiers principes ». Des molécules compliquées ou des macromolécules sont beaucoup plus rares. Mais il n'est pas dit qu'elles soient moins *universelles.*

Peut-être étais-je le seul, cette matinée-là, à être dans un tel état d'éveil, à l'écoute de ma propre conscience. Et, qui sait, peut-être à cette seconde le seul dans le monde entier ? Auquel cas, assis dans ce compartiment, j'aurais joui d'un grand privilège ! Telles étaient mes pensées suivant leur cours.

Juste avant d'arriver à Nesbyen, il s'est mis à pleuvoir. En lettres blanches sur l'écran bleu au-dessus de la porte était inscrit : *Nesbyen, descente à gauche, 168 mètres d'altitude.* Puis après le départ de Nesbyen : *Bienvenue à bord du train pour Bergen.* Enfin une invitation discrète : *Soyez les bienvenus à la voiture-bar * Menu * entrées * plats chauds * boissons froides ou chaudes * confiseries et journaux.*

Entre Nesbyen et Gol, le train a cheminé entre les forêts. J'ai suivi des yeux la rivière sur ma droite. J'ai vu quelques fermes. Des nuages bas étaient descendus dans la vallée, comme si les zeppelins avaient amorcé leur descente pour se poser.

Il existe dans la cosmologie quelque chose qui s'appelle le *principe cosmologique*. Cela veut dire que les propriétés de l'univers sont les mêmes quelle que soit la direction dans laquelle on l'observe. Du moment que l'unité de mesure est suffisamment grande, l'univers est *isotrope*, c'est-à-dire homogène et identique.

Pourquoi ce principe ne pourrait-il pas s'appliquer aussi à notre question : peut-on s'attendre à ce qu'il y ait de la vie partout dans l'univers, de la même façon qu'il existe des planètes, des étoiles et des galaxies ? Ou bien la formation de ce que nous appelons la vie est-elle due à un coup de chance et la vie n'existerait qu'ici, sur cette modeste planète ?

Mais des centaines de milliards de galaxies peuplent l'univers et chacune d'elles est constituée de centaines de milliards d'étoiles. Autant dire que nous ne sommes pas en manque d'usines chimiques. Je veux dire par là que nous avons eu ainsi un nombre inconcevable de jetons à poser sur la table de jeu du casino de Monte-Carlo ! Du même coup, le jackpot ne paraît plus aussi « accidentel ».

Il arrive en effet plus souvent qu'on le croit qu'un gros joueur fasse, comme on dit, sauter la banque. Que ça puisse lui arriver est même la caractéristique d'un gros joueur. Lorsque nous rencontrons des gens qui se vantent de gagner tout le temps au Loto ou au tiercé et que nous leur demandons le montant global de l'argent misé, il est rare que ces chanceux daignent répondre. C'est une question qui fâche.

Revenons à la conscience. Si nous considérons notre propre biosphère, on peut en tout cas soutenir qu'elle portait en elle le système nerveux et l'appareil sensoriel des organismes. Ainsi des espèces dotées d'un système de vision sont apparues sur notre planète sans qu'on puisse parler d'un quelconque lien génétique. On peut donc s'attendre à ce que des organismes assez grands sur n'importe quelle autre planète aient développé une sorte de faculté de vision. La raison pour cela est manifeste : dans toute biosphère, être capable de percevoir son environnement, par exemple un milieu hostile, des ennemis ou des proies, ne peut que favoriser l'évolution d'une espèce. Et là où il y a une différenciation sexuelle, il faut aussi être en mesure de trouver le ou la partenaire qui convient. D'autres sens seraient également d'une grande utilité dans la lutte pour la survie sur n'importe quelle planète, comme l'ouïe, la localisation de l'écho, la faculté de sentir la douleur, le goût et l'odorat – et pourquoi pas un sixième sens, moins développé chez nous.

Pour coordonner ces sensations, tout organisme un tant soit peu développé doit posséder un centre de contrôle efficace ou un « cerveau ». De nouveau, si nous prenons des exemples sur notre propre planète, nous voyons bien comment les différentes espèces animales, tout à fait indépendamment les unes des autres, se sont dotées d'un appareil nerveux plus ou moins élaboré. Il est intéressant de noter que les chercheurs en neurologie ont étudié les cellules nerveuses des seiches pour mieux comprendre le propre système nerveux de l'homme.

Dans le droit-fil de notre théorie selon laquelle la vie représente un phénomène naturel universellement répandu, nous pouvons donc en dire autant du développement d'un « appareil nerveux » et d'un « cerveau ».

Gol, 207 mètres d'altitude. J'ai rassemblé mes affaires, une veste et un petit sac à dos. *Prochain arrêt: Gol, descente à droite.*

Il bruinait. J'ai pris le bus pour rejoindre la gare routière de Gol. Je tenais à la main un récepteur GPS et j'ai vite obtenu la connexion satellite.

Il était 11 h 19 et je me trouvais à une latitude nord de 60°42'6" et à une longitude est de 8°56'31", marge d'erreur +/- 6 m. Lever du soleil à 04 h 21, coucher du soleil à 22 h 38, mais une pluie fine tombait sur nous. Lever de lune à 08 h 11, coucher de lune à 23 h 23, mais, même par une belle journée d'été, nous aurions eu du mal à voir la lune dans le ciel. Quant aux perspectives de chasse et de pêche à Gol ce jour-là, j'ai reçu le message : *Jour normal.* Bon…

À la gare routière, j'ai pris une tasse de café et un croissant-sandwich au fromage et au poivron. Mais j'étais complètement perdu dans mes pensées qui m'entraînaient dans le cosmos, à peine distrait quelques secondes par une femme beaucoup plus jeune que moi dont le regard appuyé a croisé le mien. Je n'ai pu m'empêcher d'avoir la vanité de croire qu'elle m'avait peut-être donné dix ans de moins.

À Gol, sur la route principale qui traverse le centre, la pluie tombait à présent plus dru, ce qui m'a mis dans une humeur encore plus « atmosphérique », si tant est que ce fût possible. J'ai fait une parenthèse dans mes réflexions pour noter quelques mots clés du discours que je devais prononcer deux jours plus tard, pour le déjeuner. Je ne me doutais pas une seconde qu'avant cela, on se serait retrouvés, toi et moi. Mais ai-je besoin de dire qu'à Gol j'ai naturellement repensé à la fois où nous avons traversé la ville à bord d'une Coccinelle rouge pour filer vers les glaciers de la côte ouest ?

J'ai finalement eu une longue pause déjeuner car le bus ne repartait pas de Gol avant treize heures vingt. Peu après, dans la vallée de Hemsedal, nous avons roulé dans le brouillard. À l'intérieur du bus, il y avait également un écran numérique. La température extérieure était de 14 °C. La brume a fini par se lever un peu.

Comme nous l'avons vu dans l'histoire de notre planète, le chemin est long qui va d'un cerveau et d'un système nerveux à ce que nous appelons la « conscience » – en tout cas si nous entendons par là quelque chose d'aussi spécifique que la faculté de réfléchir à sa propre place dans l'existence, dans l'univers, bref, dans la réalité. Cela dit, lorsque l'animal vertébré s'est d'abord redressé sur deux jambes et a libéré ses membres antérieurs – pour fabriquer des outils, par exemple –, le fait d'être capable d'apprendre certaines astuces et, par ailleurs, de transmettre de telles « expériences de survie » aux autres membres du groupe, voire à ses propres descendants, a constitué un avantage décisif.

De vivre avec ce que nous appelons la « conscience » était pour la famille humaine comme une niche à occuper. Si nous n'étions pas arrivés les premiers à ce stade, les représentants d'un quelconque ordre vertébré auraient peut-être été les premiers à réfléchir à la naissance de cet univers, vie et conscience y compris.

Il se peut que ce soit un argument facile, mais je trouve qu'il faut prendre en considération que les corps célestes où nous savons avec certitude que la vie existe portent en eux aussi des germes de conscience – une conscience avec un possible horizon de compréhension qui peut remonter presque jusqu'au big-bang.

Le développement de l'univers est avant tout la formation de processus physiques de plus en plus différenciés ou intégrés. Le cerveau humain est le système le plus complexe et le plus élaboré que nous connaissons jusqu'à présent. La conscience qui loge dans cet organe ne cesse de sonder l'espace en demandant, au nom de tout le cosmos : qui sommes-nous ? D'où venons-nous ?

Sur un plan sémantique, ces petites phrases sont si simples et si courtes qu'il ne faudrait pas s'étonner si on les entendait résonner depuis d'autres corps célestes, à des années-lumière de notre propre arrière-cour galactique. La langue aurait peut-être une tout autre structure et, sur le plan phonétique, on peut penser que les sons seraient d'une nature telle que nous n'y soupçonnerions même pas un langage. Mais on peut légitimement penser qu'une civilisation, ailleurs que sur Terre, se poserait ces mêmes questions, quand bien même elle aurait une histoire des sciences très différente de la nôtre. Là aussi, ses habitants les plus éminents auraient fini par prendre le chemin long et ardu qui conduit à une plus grande compréhension de la nature de ce monde, de la naissance de l'univers et du tableau périodique des éléments.

Lorsque le projet SETI (*Search for Extra-Terrestrial Intelligence*) met en œuvre d'énormes moyens pour capter, dans l'univers, des signaux de vie – par définition, de vie intelligente –, j'ai du mal à croire que c'est pour ne trouver qu'un hasard cosmique aussi improbable, à quelques misérables années-lumière de notre propre étoile. N'est-ce pas plutôt pour chercher la confirmation que notre genre humain représente quelque chose de fondamentalement caractéristique ou d'essentiel dans tout l'univers ?

Mais il existe aussi des arguments pour affirmer que c'est seulement sur la Terre que l'on trouve des créatures possédant une conscience universelle. Même si des formes primitives de vie ont vu le jour sur d'autres corps célestes, nous ne devons pas oublier qu'il a fallu attendre quatre milliards d'années après l'apparition de la vie sur Terre pour qu'apparaisse le genre humain, et quatre milliards est un âge respectable pour une planète. Déjà, dans un milliard d'années, les conditions de vie ne seront vraisemblablement plus réunies sur notre propre planète. La Terre perdra son atmosphère et l'eau s'évaporera.

Et si nous étions les seuls dans tout l'univers ?

Quand j'étais enfant, ces questions m'obsédaient. Peut-être que l'univers grouille de vie, me disais-je en trouvant cette pensée stimulante. Puis l'hypothèse radicalement inverse me frappait : peut-être que la vie n'existe qu'ici et nulle part ailleurs ? Et cette pensée était au fond tout aussi excitante. Dans les deux cas, le fait que j'existe n'en est que plus extraordinaire.

Le bus a traversé Hemsedal. Je savais bien que je n'allais pas tarder à passer devant ce fameux endroit. J'ai essayé de m'y préparer. Peut-être que toutes les réflexions sur l'univers qui occupaient mon esprit faisaient partie de cette préparation. Tu te souviens de notre conversation sur le quai du ferry à Revsnes ?

La couche de nuages descendait à quelques mètres du sol, il était difficile de différencier les nuages de la brume.

Une pancarte nous a informés que la route nationale 52, celle qui passe par la montagne de Hemsedal, était ouverte. Au fond rien de plus normal, puisque nous étions en été.

Nous avons longé la rive droite du fleuve dont le fort débit était dû aux précipitations records de ces dernières semaines et à la fonte tardive des neiges en montagne, cet été. Nous sommes passés à côté d'un barrage : le réservoir était plein et débordait, ce qui expliquait pourquoi le fleuve Hemsil était si abondant plus bas dans la vallée, ainsi que le niveau élevé de l'eau qui recouvrait le débarcadère près du Tyrifjord.

Les lambeaux de brume flottaient au-dessus de la vallée et finirent par obstruer l'horizon en se regroupant. On n'apercevait que le fond de la vallée, un brouillard épais enveloppant les flancs de la montagne.

Tandis que mon esprit enregistrait cela, je n'en revenais pas d'être là, à réfléchir et à retracer l'histoire et la géographie de l'univers.

« L'univers n'était pas gros de la vie, ni la biosphère de l'homme. Notre numéro est sorti au jeu de Monte-Carlo. Quoi d'étonnant à ce que, tel celui qui vient d'y gagner un milliard, nous éprouvions l'étrangeté de notre condition ? »

Mais la tentation est grande de prendre la phrase à contre-pied et de dire : « L'univers était gros de la vie, et la vie était grosse de la conscience que cet univers a de lui-même. »

Je trouve que ça sonne aussi bien que la première phrase et n'entre pas en collision avec ma part intuitive, si tant est qu'il faille y accorder de la valeur. Cet univers est conscient de lui-même ou bien il a une conscience de lui-même. Un fait aussi évident, mais qui n'en est pas moins surprenant, ne doit pas être laissé aux seules interprétations ésotériques.

Car il existe quelque chose à un niveau plus élevé, me dis-je, tandis que nous nous approchions de la ligne de partage des eaux. La conscience, de même que la vie, n'aurait peut-être pas « dû » voir le jour, argumente Monod. Mais avec ce raisonnement, l'univers non plus.

Si, dès le départ, l'univers avait seulement été très légèrement différent dans sa composition, il se serait désintégré quelques millionièmes de seconde après être apparu. Des différences même microscopiques dans ce que Monod appelle les « premiers principes » auraient eu pour conséquence – et de manière impitoyable – qu'il n'y aurait pas eu d'univers du tout. Prenons quelques exemples. Si l'univers n'avait pas eu, dès le début, un peu plus de masse positive que de masse négative, il se serait désagrégé quelques secondes après la grande déflagration. Si la force nucléaire avait été seulement un peu plus faible, tout l'univers n'aurait été constitué que d'hydrogène ; et si elle avait été seulement un peu plus forte, il n'y aurait pas eu d'hydrogène du tout. Et la liste peut s'allonger à l'infini. Car, comme l'a exprimé Stephen Hawking : « La probabilité pour qu'un univers tel que le nôtre ne surgisse pas du big-bang était extrêmement élevée. »

Le fait que cet univers ait une faculté d'engendrement est tout aussi aléatoire que l'apparition de la vie et de la conscience sur cette planète. Les « premiers principes » de Monod aussi sont sortis par hasard, comme à la table de jeu de Monte-Carlo. Ou faut-il se perdre dans des conjectures sur ce qui a pu être « derrière » ou « à l'extérieur » du temps et de l'espace produits par le big-bang ? Il n'y a aucune attestation scientifique pour exclure que « quelque chose » peut avoir été « gros » de cet univers.

Pour qu'un univers soit en mesure d'engendrer, comme par enchantement, une conscience de lui-même, de sa propre beauté et de sa conformité aux lois naturelles, il faut qu'une série de critères soit remplie – et cela *avant* même les premières microsecondes suivant le big-bang. Cela a été le cas et il ne faudrait pas l'oublier.

Tel est du moins mon avis. De nombreux collègues y verraient une sorte d'hérésie. Mes pensées débordent des cadres prescrits par les sciences de la nature, mais c'est ce que j'entends par le mot intuition.

La route a suivi le fleuve, sur notre gauche, puis nous avons traversé des champs, des prairies et des bois avant de retrouver la rive. Là a commencé l'ascension vers Bjøberg Fjellstove. J'ai vu un audacieux pont suspendu au-dessus des eaux. Nous étions à quelque sept cents mètres d'altitude. Des massifs de bouleaux bordaient les deux côtés de la rive.

Bien que le brouillard se soit épaissi, j'ai aperçu de la neige sur le flanc rocheux à ma gauche, et quelques chalets à ma droite – les derniers, je crois, avant d'atteindre la haute montagne où toute construction est interdite.

Nous nous sommes approchés du lac d'Eldrevatnet qui délimite le département et correspond à la ligne de partage des eaux. C'était la première fois que je revenais ici, mais je m'étais blindé. Encore heureux que je n'aie pas été au volant. Je n'ai pas jeté un seul coup d'œil à droite, vers le lac que nous avons longé. J'ai regardé ma montre qui indiquait quatorze heures vingt. Ce n'était pas prémédité, mais il se trouve que j'avais une demi-bouteille de vodka dans mon sac à dos. Je l'ai sortie discrètement et j'en ai bu une gorgée. Je ne crois pas que les autres passagers aient remarqué quoi que ce soit. Dire que c'était il y a plus de trente ans, alors que tout me paraissait être arrivé hier. Et cette femme mystérieuse, je veux parler de celle avec le châle…

Puis la route est redescendue vers la côte ouest. Il était quatorze heures vingt-neuf quand nous avons pris le premier virage en épingle à cheveux, au bord du précipice. Nouvelle gorgée de vodka. Mes pensées me ramenaient invariablement à ce qui était arrivé autrefois. Nous devions essayer de dormir quelques heures, là-bas, à Revsnes, mais nous avons passé la nuit à parler, les yeux fermés.

Nous sommes ensuite redescendus vers Lærdal en longeant le fleuve au courant puissant. À partir de l'église en bois de Borgund, la route s'enfonçait dans une série de tunnels. Ici et là, des nuages flottaient au-dessus de la vallée. Nous sommes entrés dans le centre de Lærdal, là où nous n'avions pas osé rester pour la nuit. T'en souviens-tu ? Le bus a pris de nouveaux passagers avant de s'engouffrer dans le long tunnel qui mène à Fodnes. Je suis content qu'on ait construit ce nouveau tunnel. Cela m'a évité de revoir Revsnes et tout ce qui s'y rattache.

Pendant la courte traversée en ferry pour rejoindre Mannheller, j'ai rassemblé encore une fois toutes les idées qui me sont passées par la tête depuis mon départ d'Oslo.

À part certaines questions de détail, la science contemporaine se trouve face à deux énigmes gigantesques, à savoir : qu'est-ce qui s'est réellement passé dans la première fraction d'une microseconde ? Quelle est la nature de la conscience ? Nous n'avons aucune raison de croire qu'il existe un lien entre ces deux grands mystères. Mais on ne peut pas non plus l'exclure. Pour ma part, je miserais volontiers sur le fait qu'il y a effectivement un lien.

Il doit y avoir une explication plus profonde – un fondement plus enraciné – à ces lois physiques qui ont formé notre univers. Tu viens d'avoir droit à mon credo, sous sa forme minimale. S'il existe quelque chose de « divin », il faut que cela soit pendant ou avant le big-bang. À partir de là, selon moi, ce sont les lois naturelles et elles seules qui prévalent, et absolument tout ce qui arrive a des causes naturelles. Car comme je l'ai dit, je ne crois pas du tout aux « révélations » émanant de forces surnaturelles.

Si l'on cherche à trouver des « preuves de l'existence de Dieu », il faudrait plutôt les chercher du côté des constantes cosmiques ou dans ce que l'athée Jacques Monod a appelé « les premiers principes », à savoir « les propriétés les plus générales qui caractérisent les êtres vivants et les distinguent du reste de l'univers».

J'en ai bientôt terminé, rassure-toi, de même que mon grand voyage en bus arrive bientôt à son terme. Je veux juste ajouter qu'il ne te sera pas facile de trouver un physicien qui accepte d'aller aussi loin pour te faire comprendre à quel point la vie et la conscience sont des traits essentiels de cet univers. À aucun moment, je n'ai fondé mon raisonnement sur des révélations ou des croyances. Il suffit de considérer la nature telle qu'elle est et de l'étudier.

Nouveau tunnel à partir de Mannheller, et je ne tarderai pas à voir sur ma gauche la ville de Kaupanger, où tous les deux nous avions débarqué du ferry autrefois. On a retrouvé le brouillard, avant de traverser Sogndal et de remonter vers un nouveau col de montagne.

En ressortant du long tunnel à flanc de montagne, au-dessus du Fjærlandsfjord, je n'ai vu au-dessous de moi que du brouillard, mais je savais, sans avoir jamais pris cette route auparavant, que sous cette nappe brumeuse m'attendait un paysage que je connaissais bien. Encore un autre tunnel, et à l'issue de celui-ci, nous sommes ressortis sous la couche de nuages et j'ai enfin découvert les vallées de Supphelledalen, Bøyadalen et Mundalsdalen.

Et soudain, une fulgurance: est-ce qu'elle sera là? Est-ce qu'elle viendra? C'était comme un réflexe, je savais que ce désir était tout à fait irrationnel.

Je suis descendu du bus devant le musée du Glacier, j'ai appelé l'hôtel et, quelques minutes plus tard, on est passé me chercher en voiture. Plus de trente ans après, j'ai retrouvé la vieille construction en bois. Je me suis installé dans la chambre 235, celle qui a une jolie vue sur le fjord, avec la boutique et les stands de livres en contrebas ; en levant les yeux, j'apercevais le glacier et les montagnes. Le brouillard s'était partiellement dissipé, seuls quelques lambeaux flottaient encore.

La salle à manger était pleine de monde, c'était agréable de voir que ce vieil hôtel avait autant de succès, mais peut-être était-ce dû à l'inauguration du Centre de climatologie. J'ai commandé un pichet de vin rouge de la maison, vingt-cinq centilitres pour quatre-vingt-dix couronnes. Impossible de déterminer le cépage ou le lieu d'origine, mais c'était un bon vin, un cabernet-sauvignon peut-être. On m'a servi un menu complet : salade composée, soupe de chou-fleur, filet de veau et fraises à la crème.

Après le repas, je suis monté dans ma chambre pour déballer mes affaires. J'ai pris une gorgée de vodka et contemplé la nuit d'été. Il pleuvait des cordes. Les mouettes criaient au-dessus du fjord et sur le toit de Samvirkelaget. J'ai bu une dernière gorgée avant de me coucher.

Et puis je t'ai vue sur la terrasse, le lendemain matin. Vous étiez arrivés juste après le dîner, pendant que j'étais dans ma chambre avec ma bouteille d'alcool, à penser à nous deux. Alors que tu étais déjà à l'hôtel ! Vous aviez eu droit à un traitement de faveur et on vous avait servi une collation à part, dans la cafétéria.

Je suis resté longtemps allongé à écouter le cri des mouettes avant de m'endormir. Au moment de poser ma tête sur l'oreiller et de fermer les yeux, j'ai pensé : c'est bon d'être au chaud, ici, à l'intérieur. C'est bon d'exister, tout simplement.

Et puis j'ai fait ce rêve étrange. J'ai eu l'impression qu'il avait duré toute la nuit et encore davantage, oui, aujourd'hui encore c'est comme si je l'avais vécu.

C'était vraiment le cas.

Sur ce, je mets un point final à ma modeste odyssée. J'ai écrit toute la journée sans quasiment rien avaler. J'ai bu du café et du thé, et j'ai fait quelques allers et retours à l'armoire d'angle pour me servir quelques petits verres.

Et toi ? Es-tu de retour à la maison après ta journée de prérentrée ?

Oui, je suis à la maison, mais je trouve que tu devrais garder tes distances avec l'armoire d'angle. Il n'est que dix-sept heures. Ne peux-tu pas instaurer cette simple règle de t'interdire d'ouvrir cette armoire avant huit ou neuf heures du soir ? Nous avons déjà abordé ce problème, toi et moi. Si tu n'étais pas dans la chambre en début d'après-midi, j'étais sûre de te trouver au Grillen, avec déjà une bière à la main !

Cette fois-là aussi, j'étais assailli par des questions métaphysiques vertigineuses, eh oui !

Dis, ça ne te donne pas un peu le vertige de penser que tu existes, que tu fais partie de cet univers ? Je t'écris que je pressens un lien entre ma propre conscience et le big-bang, il y a 13,7 milliards d'années, et toi, tout ce que tu trouves à faire, c'est me reprocher quelques verres d'alcool que je vais prendre dans mon armoire d'angle à demi pourrie, ici à Kongleveien ! Au fond, ta sollicitude a presque quelque chose de touchant.

Je le sais C'est presque touchant.

Mais réponds-moi ! Qu'est-ce que tu penses de toutes les idées qui m'ont traversé l'esprit pendant mon voyage de Lysaker à Fjærland ?

Que veux-tu que je te dise ? Je vais donc jouer l'étudiante :
– C'était intéressant, Steinn !

Mais cette fois c'est sans ironie, je le pense vraiment. De te voir formuler une phrase telle que celle-ci me va vraiment droit au cœur : « Il doit y avoir une explication plus profonde – un fondement plus enraciné – à ces lois physiques qui ont formé notre univers. » Oui, c'est bien la forme minimale de ton credo. Je te remercie donc d'avoir en tout cas essayé de répondre à la question que je t'avais posée, à savoir si tu croyais en quelque chose.

Mais j'avais aussi formulé une autre requête : je voulais connaître la teneur de ton rêve. Et à la place, tu te lances dans une nouvelle dissertation sur le matérialisme. Encore une fois, tu te cantonnes toujours à écrire sur l'écorce qui entoure notre nature spirituelle. Pour moi, cela revient à s'attarder près de la coquille de l'huître, au lieu d'aller admirer la perle qui se niche à l'intérieur. Il y a des milliers de coquillages vides pour un seul avec une perle.

Tu me surprendras toujours.

À tes ordres. Je suis donc à bord d'un vaisseau spatial qui tourne autour de la Terre. Je suis en apesanteur. Comme si je n'avais plus de corps. Je ne suis que pure conscience.

Le globe sous moi est recouvert de suie et de poussière. Il est tout noir. Je ne vois ni l'océan ni la terre ferme. Même dans l'Himalaya, aucun pic enneigé ne vient percer l'hiver atomique noir. Je crie : « Houston ! Houston ! » Mais je sais que c'est inutile. La radio est morte. L'astéroïde que je devais détourner de sa trajectoire a vraisemblablement anéanti toute l'humanité, voire l'ensemble des vertébrés, en tout cas ceux qui vivent sur la terre ferme.

Je continue à décrire des cercles autour de la planète carbonisée en songeant à ce qui s'est passé. Encore une fois, la chute d'un astéroïde a détruit presque toute la vie sur Terre, exactement comme entre le Crétacé et le Tertiaire, ou entre le Permien et le Trias. La dernière fois, cela a entraîné l'extinction de tous les dinosaures. Cette fois, il ne reste peut-être pas un seul mammifère. Et aujourd'hui c'est de ma faute ! Je suis le seul à blâmer pour ce qui est arrivé.

L'énorme astéroïde avait un diamètre de plusieurs kilomètres et la Terre avait longtemps été sur sa trajectoire. L'ONU avait créé une cellule de crise et, pour la première fois dans l'Histoire, toutes les nations avaient travaillé main dans la main pour sauver la planète de l'anéantissement imminent.

On avait soigneusement planifié d'envoyer dans l'espace un vaisseau habité, avec une grosse charge atomique. Ce devait être une opération kamikaze. En compagnie de Hassan et de Jeff, je m'étais porté volontaire. La bombe devait exploser à l'instant où elle s'approchait de l'astéroïde, mais à une distance telle que l'objet céleste ne soit pas pulvérisé, mais suffisamment dévié de sa trajectoire pour épargner la Terre.

Quand nous avons été envoyés dans l'espace, il y avait, selon les dernières estimations, 99 % de chances pour que l'astéroïde entre en collision avec la Terre. Les ordinateurs se chargeaient de faire exploser la bombe. Nous devions juste garder le cap vers la cible ennemie et la bombe exploserait quand la distance requise serait atteinte. Une mission facile.

Nous avions été retenus parmi plusieurs centaines d'astronautes volontaires. Il y avait eu une longue procédure avec toute une batterie de tests physiques et psychiques, mais la dernière sélection se fit par tirage au sort, afin que chacune des personnes retenues ait la même chance de repartir la tête haute. On était tous venus pour faire ce travail, mais il avait fallu trancher et à la fin, ce fut comme la roulette russe. Il ne resta plus que nous trois – les gagnants ou les perdants, selon le point de vue – qui fûmes désignés pour devenir des héros. Nous qui devions partir dans l'espace et sauver la planète de la destruction totale. Nous étions fiers d'être des pionniers.

Nous devions rejoindre l'astéroïde, entre Mars et Jupiter. L'humanité, et peut-être toute la biosphère, dépendait de nous, de notre précision et de notre sang-froid.

Et c'était moi qui avais failli. J'avais soudain été pris de panique. Il ne nous restait plus que quelques minutes à vivre. Le dernier message radio avait été :

– Bonne chance, les gars ! Allez, buvez un bon coup. Et merci !

Mais je ne voulais pas mourir ! Je voulais vivre un peu plus, et à l'instant crucial, j'ai légèrement tourné le vaisseau spatial de quelques degrés sur le côté, rendant ainsi impossible le déroulement de la mission. Je crois encore entendre les cris poussés par Hassan et Jeff, mais il était trop tard. Je n'avais pas été assez bien entraîné. Ou je n'avais pas été assez mis à l'épreuve.

À la lumière du Soleil, nous avons vu l'astéroïde nous frôler à toute vitesse. À présent, nous avons la certitude qu'il va heurter la Terre, les dernières estimations étaient formelles, et quand cela arriverait, il y avait 99 % de chances pour que toute l'humanité soit anéantie.

L'astéroïde est énorme et rappelle un tableau de Magritte. Il va entrer en collision avec l'Asie centrale, mais le point d'impact n'a guère d'importance, une collision avec la Terre sera, de toute façon, fatale pour toute la planète.

Je tourne autour d'une planète carbonisée, dont je ne distingue plus les continents. La suie et la poussière forment une couche dans l'atmosphère qui, elle aussi, subit d'importants dommages. Je pense à ce qui s'est passé dans la capsule.

J'ai eu honte, cela me revient maintenant. Hassan et Jeff m'ont fixé, bouche bée. Jeff a tourné ses paumes de main vers le ciel, le geste que l'on fait quand tout a échoué, et il s'est enfoncé dans son fauteuil tandis que Hassan sanglotait. Je perçois une raillerie chez Jeff et un chagrin sans fond chez Hassan. Ce musulman pratiquant était convaincu d'aller droit au Ciel s'il remplissait sa mission. J'avais du mal à comprendre ce point de vue, d'autant plus qu'il était persuadé que Dieu seul – enfin, Allah – décidait de la réussite ou non de la mission. En un sens, son dieu avait donc déjà tranché.

Mais je ne supporte plus ce sentiment de honte. Je fais quelques mouvements discrets et je parviens à débrancher l'arrivée d'oxygène de mes deux compagnons. Du même coup, je prolonge mon propre séjour dans la capsule puisque j'ai à présent trois fois plus de temps à vivre. Je manœuvre pour faire redescendre le vaisseau sur la Terre. Il faut que je voie ce qui arrive à ma planète. Je m'aperçois que ç'aurait difficilement pu être pire. J'ai assez de carburant pour mettre ce vaisseau en orbite autour de la planète noire et assez d'oxygène pour pas mal de révolutions.

Je voudrais utiliser les heures qui me restent pour comprendre et faire le point. Le temps est venu de réfléchir.

Qu'est-ce que la vie ? Et la conscience ?

Ici et maintenant, j'ai une certitude : dans tout l'univers, la raison et la vie spirituelle ne sont apparues nulle part ailleurs que sur cette planète calcinée autour de laquelle je suis, pour l'instant, en orbite. Moi, le seul élément de cet univers à avoir conscience de lui-même.

Au nom du cosmos tout entier, je suis soudain pris d'une tristesse infinie à la pensée que cet univers va glisser dans une phase effroyablement insensible. Un univers avec une conscience et un univers dépourvu de conscience sont deux choses radicalement différentes dans leur essence. Mais je suis également triste pour mon propre sort. Il me reste si peu de temps à vivre en étant moi. Si je n'avais pas réussi à voler le temps de Jeff et de Hassan, nous serions tous morts comme un seul homme, et la conscience de l'univers se serait déjà entièrement éteinte. Le geste que j'ai commis a du sens puisque j'ai prolongé la conscience du cosmos.

Puis je commence à repenser à ma propre vie. Ou plus exactement, je ne pense pas, je retourne dans les années soixante-dix et je te revois à Kringsjå, tu es si rayonnante, tu m'adresses un sourire espiègle et nous faisons ensemble ce qu'on aimait faire tous les deux : préparer le repas, se promener à Ullevålseter, se promener à Blindern, rester à la maison à réviser ses cours, chacun dans un coin du canapé… Nous partons en voiture en Normandie et nous allons à cette île que l'on peut atteindre à pied, à marée basse – tu avais ramassé une étoile de mer bleue dans le creux d'un rocher –, et nous partons aussi à Stockholm. On fait des balades dans la vieille barque prêtée par un vieux paysan de Toten. Il a compris qu'on est un peu cinglés, c'est pour ça qu'il a accepté de nous la confier. L'homme avait de la compassion pour nous parce qu'il était persuadé qu'on avait l'esprit dérangé.

Je regarde la planète carbonisée. C'est mon propre berceau, et le berceau de la conscience. Maintenant, je peux choisir de revivre n'importe quel moment de ma vie sur Terre où je veux, quand je veux. Comme cette fois sur le bord de la route près de Mälaren où on a dû s'arrêter parce que mon vélo avait crevé. J'étais furieux, mais tu m'as sermonné, et je me rends compte à quel point tu avais raison, cette matinée-là, à présent que je suis en orbite et que toi, tu as disparu de la surface de la Terre.

– C'est ridicule d'être de mauvaise humeur parce qu'on doit mettre une rustine sur une chambre à air ! m'as-tu lancé. C'est l'été, voyons ! Et on est en vie !

Maintenant je me remémore tous ces moments sur Terre, comme si j'y étais encore. Nous avons emprunté la voiture de tes parents et nous roulons de Bergen à Rutledal. Debout sur le pont du ferry, nous admirons le Sognefjord, puis nous débarquons à Krakhella dans le détroit entre Losna et Sula. Nous traversons des îles et reprenons un petit ferry pour aller à Nåra. L'archipel m'apparaît d'une beauté sculpturale, avec ses baies, ses pointes rocheuses, ses passes et ses lacs. Nous parcourons les derniers kilomètres pour atteindre Kolgrov, mais tu veux qu'on s'arrête d'abord à un endroit bien particulier pour me montrer un magnifique point de vue sur l'océan. Tu es folle de joie de m'entraîner dans le paradis de ton enfance, tu ne tiens pas en place. Nous arrivons devant la maison de ta grand-mère, Randi. Quand je la rencontre, c'est comme si je l'avais toujours connue, car il y a beaucoup de choses en elle qui me font penser à toi. Là-bas, toi et moi, on redevient de vrais gamins. On se rend à l'épicerie Eide du village pour s'acheter des glaces et des bonbons. Le soir, dans la chambre bleue, chacun dans son lit, on parle en chuchotant de ce qu'on a vu et fait au cours de cette journée d'été qui n'en finit pas.

Il s'agit de deux histoires : la mienne et celle de l'univers. Elles sont toutes deux imbriquées, car je n'aurais pas eu d'histoire à moi si l'univers n'avait pas eu sa propre histoire. J'ai passé la moitié de ma vie à étudier l'histoire de l'univers, et, quand je disparaîtrai dans ma capsule, l'univers perdra du même coup la conscience de ses mérites. Avec moi s'éteindra toute mémoire.

Je passe ainsi des heures dans ma capsule spatiale à passer en revue l'histoire de l'univers et du globe terrestre – une véritable cavalcade cosmique – avant que l'ère de la mémoire et de la conscience ne disparaisse inexorablement. Pas une seule fois, comme cela m'arrive souvent, je n'atteins un stade où, tout en me rendant compte que je suis en train de rêver, je poursuis néanmoins mon rêve. Non, je suis réellement dans ce vaisseau spatial après qu'un énorme astéroïde a heurté la planète au-dessous de moi, je me souviens des moindres détails sur le tableau de bord et sur les écrans, je revois Jeff et Hassan, je les connais par cœur, oui, mieux que personne, leurs traits, les frémissements dans leur visage, nous avons passé tant d'heures ensemble dans cette étroite capsule, et à présent ils sont sans vie, chacun dans son fauteuil du vaisseau spatial.

Mais je me dédouble. Une partie de moi se déplace de l'habitacle pour te retrouver dans tous les lieux où nous étions ensemble. C'est une sorte de violente désincarnation où je me sens projeté hors de mon corps. Tout ceci n'a ni queue ni tête et échappe à toute logique, mais toujours est-il que je peux, dans une certaine mesure, choisir où je veux être sur Terre, tel un chamane à l'âme voyageuse.

Quand nous sommes ensemble en Normandie, nous y sommes réellement. Quand nous sommes assis, chacun sur un rocher, à manger une truite sur le haut plateau de Hardangervidda, on le fait vraiment, je retrouve jusqu'à l'odeur du poisson qu'on a fait cuire. Il n'y a pas eu de vie vécue depuis, il n'y a aucune chronologie du temps, rien qu'un continuum, une éternité. Comme un immense plat dont on pourrait détacher de petits morceaux de mosaïque, non, plutôt des bouts de verre coloré emprisonnés dans un kaléidoscope dans lequel je regarde, du haut de mon vaisseau spatial, *et* je peux choisir quel fragment de souvenir je veux ainsi revivre.

Et, tout d'un coup, je me dis que tu es peut-être encore en vie, quelque part sous l'épais tapis de suie, de poussière et de charbon. Et si tu étais l'unique survivante ? Telle est la logique du rêve ou, plus exactement, le manque total de logique du rêve. Il me vient à l'esprit que toi seule dois et peux m'aider à descendre. Tu as survécu parce que tu t'es réfugiée dans un des profonds tunnels qui existent sur la côte ouest. Bientôt, je vais tomber dans un bras du fjord sous le glacier de Jostedal et c'est toi qui ouvriras la capsule se balançant à la surface de l'eau. En rêve, cela paraît tout simple, car tu n'as qu'à prendre une barque pour venir me chercher.

Je revis la traversée en barque sur le fjord que nous avions faite autrefois. Arrivés sur l'autre rive, nous nous étions allongés dans l'herbe près de la vieille grange, au soleil. Tu trouvais que tu ne pouvais pas bronzer seins nus sur la pelouse devant l'hôtel. Nous sommes là maintenant, il fait bon, au moins 20 °C, mais une bouteille de soda nous attend au frais, au bord de l'eau. Plus tard, dans la journée, nous revenons en barque et nous apercevons deux marsouins qui gagnent le fjord à partir de Balestrand. Ils tournent plusieurs fois autour de la barque, et nous avons peur, mais ils finissent par continuer leur chemin.

Je suis toujours en orbite autour de la planète noire. Je ressens une douleur infinie à l'idée que, dans quelques heures, l'univers n'abritera plus de vie spirituelle du tout. Je joins les mains et prie un Dieu auquel je ne crois pas : *S'il te plaît, est-ce qu'on ne peut pas reprendre du début? Oh, s'il te plaît, laisse-moi encore une chance! Est-ce que ce monde ne peut pas avoir une dernière chance?*

Il se produit alors quelque chose d'étrange, oui, quelque chose qui aurait été impossible dans un film, mais il s'agit ici d'un rêve, cela n'a rien à voir. Jeff et Hassan se mettent à bouger et clignent des yeux. Et voilà que toute la poussière et la suie autour du globe se volatilise, et je vois l'océan Atlantique bleu foncé sous moi, nous sommes en train de survoler la côte ouest de l'Afrique...

Alors je me réveille. J'ai du mal à croire que ce n'était qu'un rêve. Surtout Jeff et Hassan qui me paraissaient si vivants, si réels – ils ne ressemblent à personne que je connais dans la vie réelle. Il me reste l'impression tenace et fascinante qu'il doit exister des mondes parallèles et que ces voyages de l'âme sont vraiment possibles.

Dehors, les nuages continuent de flotter entre les flancs des montagnes, mais la vue sur le fjord est dégagée.

Je descends et prends mon petit déjeuner, tout absorbé par ce que j'ai rêvé. J'emporte une tasse de café remplie à ras bord sur la terrasse.

Et tu es là!!

VI

Oui, je suis là. Peut-être comprends-tu maintenant que tu as eu un rêve prémonitoire ?

C'est-à-dire que…

Tu fais quelque chose de spécial ?

Non. Comment ça ?

Est-ce que tu as prévu quelque chose pour ce soir ?

Non, au contraire. Berit vient de partir pour aller au théâtre avec sa sœur.

Alors poursuivons le dialogue. Niels Petter est sorti pour jouer au bridge avec des copains. Nous avons donc toute la soirée pour nous. C'est si agréable d'admirer la vue qu'on a d'ici sur la ville. Mais je ne tiens pas en place…

Et toi ? Tu es assis où ?

Je suis assis chez moi, dans un petit bureau au premier étage. Moi aussi, ma table de travail est sous la fenêtre qui surplombe la ville. La nuit commence à tomber sur Oslo, les lumières s'allument un peu partout. J'aperçois celles sur Ekeberg et Nesodden.

Moi, j'aperçois en contrebas Vågen et l'église Korskirken, et à l'arrière-plan, la Johanneskirken. Et aussi la station de sapeurs-pompiers et la mairie devant le plan d'eau de Lille Lungegårdsvann.

Tu disais donc que tu m'as vue là…

Oui, la veille, quand je suis arrivé dans ce vieil hôtel en bois, j'ai eu l'impression que je pouvais te rencontrer à tout moment, dans le salon devant la cheminée ou dans la salle à manger. Chaque marche de l'escalier qui mène aux chambres me faisait penser à toi, chaque photo, chaque tapisserie tissée main qui orne les murs. Et la vieille cabine téléphonique, tu t'en souviens ?

Ou pour dire les choses autrement : tout ce que je voyais à l'hôtel Mundal m'évoquait ton absence. Rien d'étonnant, donc, si j'ai rêvé de l'époque où nous étions ensemble. Mais de là à te voir apparaître en chair et en os sur la terrasse ! C'est vraiment ce que j'appelle une coïncidence extraordinaire. Mais je n'ai pas rêvé de toi parce que tu étais là.

Ah vraiment ? Tandis que tu passais la nuit en orbite autour de la planète carbonisée, j'étais pourtant tout près de toi, en train de dormir dans un lit, moi aussi. Ne penses-tu pas, à la lumière de tout ce que tu as rêvé, qu'il s'est opéré une certaine osmose entre nos esprits ? Savais-tu que l'on est plus sensible aux phénomènes de clairvoyance et de télépathie quand on rêve, c'est-à-dire quand on est dans la phase de sommeil dite paradoxale ? Il se produit alors ce qu'on qualifie de rêves paranormaux. Toutes sortes de recherches sont menées en laboratoire à ce sujet, mais il existe aussi des documents de nature anthropologique qui illustrent exactement la même chose. As-tu lu la saga islandaise de Gunnlaug Ormstunge ? Tu te souviens au moins des rêves de Joseph dans le Premier Livre de Moïse ? Eh bien, tous ces rêves sont typiquement des rêves prémonitoires ou précognitifs.

La saga de Helga, Gunnlaug et Hrafn, ma mère me l'a lue quand j'étais enfant. Aurais-tu oublié que je suis né en Islande ? La question est de savoir quelle est la part littéraire dans les rêves prémonitoires qui abondent dans les sagas. Cela dit, je reconnais que les hommes, en tout lieu et de tout temps, ont cherché à interpréter les rêves, dans le but de connaître l'avenir.

Ton propre rêve présentait en tout cas toutes les caractéristiques de ce que j'appelle un rêve prémonitoire. Tu ne trouves pas qu'il était extrêmement dense et significatif ?

Si, je dois l'admettre. C'est pourquoi je t'en ai parlé dès que nous sommes montés au Fjellstølen. C'était si incroyable de faire cette promenade avec toi, quelques heures seulement après mon réveil – ou devrais-je dire, quelques heures seulement après que tu m'avais fait redescendre sur Terre ? Ce rêve m'a aidé à prendre conscience à quel point les années que nous avons passées ensemble continuaient à vivre en moi et à marquer ma vie. Au fond, comme si depuis notre séparation j'avais été un peu « en orbite », c'est-à-dire à la périphérie de la vie que j'ai menée jusqu'à maintenant. La plupart des rêves se nourrissent, le plus souvent, de ce qui s'est passé la veille, alors que moi je n'avais fait que traverser un paysage de brouillard.

Mais ton rêve a aussi des allures de cauchemar. On dirait que tu essayais vainement de trouver quelque chose à quoi te raccrocher, une croyance, quelle qu'elle soit. Cette idée d'être la dernière conscience de l'univers appelle à être contredite. En fait, tu implores presque qu'on vienne t'apporter la contradiction. Mais tu n'es pas seul, Steinn ! Nous sommes toute une myriade d'âmes dans l'univers. Difficile de dire combien exactement, mais nous sommes infiniment nombreux, à l'image des reflets du soleil à la surface de la mer, un jour d'été.

Désolé, Solrun. Mais là, je ne te suis plus. Tu m'en veux ?

Pas du tout. J'ai un seuil de tolérance très élevé. Tu cherches à dire que la matière va survivre à l'âme, comme cela se traduit aussi dans ton rêve. Après nous, cet univers monstrueux continuera à vivre, tel un bric-à-brac inutile. J'ai pour ma part une croyance diamétralement opposée. Nos âmes vont certainement survivre à cette débâcle matérielle. Nous sommes en tout cas d'accord sur un point : toute la nature finira bel et bien, un jour, par disparaître.

Malheureusement, oui. C'est une conséquence inéluctable du deuxième principe de la thermodynamique.

Mais il n'existe aucun principe équivalent pour affirmer que le temps a prise sur l'esprit.

Parce que nous aurions une âme libre qui survit à la mort du corps ? Je vois bien où tu veux en venir.

Imagine que tu te promènes en forêt. Tu empruntes un sentier que tu as pris il y a quelques semaines, et soudain tu tombes sur un chalet tout neuf que tu n'as encore jamais vu. Tu t'étonnes qu'on ait construit tout à coup un chalet ici, *et, pendant* que tu t'interroges, une porte s'ouvre et un homme aux yeux bleu clair sort en souriant sur le pas de la porte. Il donne l'impression d'avoir toujours été là. Et il te salue.

– Hé, bonjour ! te lance-t-il.

La scène t'apparaît surréaliste, pleine de mystère.

Et maintenant se pose la question : qu'est-ce qui s'est passé ? Est-ce que le chalet s'est dressé de lui-même à partir de quelques arbres dans la forêt, puis a créé l'homme pour qu'il puisse venir l'habiter et lui donner une âme ? Ou est-ce le contraire, à savoir que l'homme a d'abord construit le chalet avant d'y emménager ?

En d'autres termes, je te demande ce qui te semble le plus plausible : est-ce l'esprit ou la matière qui est venu en premier ? Dans ton récit de voyage, tu conclus en disant que tu pressens un lien entre la conscience et ce qui s'est produit dans « la première fraction d'une microseconde » de l'univers. Donc, à ton avis, qu'est-ce qui est venu en premier : la conscience ou l'énorme explosion d'énergie qui s'est matérialisée lors de la première seconde ?

N'as-tu pas d'ailleurs donné des arguments pour dire que quelque chose peut avoir existé « derrière ou à l'extérieur du temps et de l'espace produits par le big-bang » ? Ce sont tes propres mots. N'y a-t-il pas un peu de mauvaise foi à parler du big-bang comme du *commencement* de toute chose ? Ce que nous considérons comme le plus grand tour de prestidigitation du monde peut fort bien n'avoir été qu'une étape d'une continuité d'un état à un autre.

Je ne sais pas. Non, maintenant je ne sais plus. En fait, nous n'en savons rien.

Dans ton rêve, tu étais désespéré. Tu avais un besoin intense de te libérer de ta conception matérialiste du monde.

Tu es allé jusqu'à prier un Dieu en qui tu ne crois pas. En jouant sur les mots, on pourrait résumer en disant que tu ne savais vraiment pas à quel saint te vouer !

Mais ne vois-tu pas une possibilité de réconciliation entre ces deux conceptions ? Même après ce rêve effrayant ? Il témoigne pourtant du début à la fin de l'intensité de ta vie spirituelle. Et, comme tu as pu le constater, ta prière a été entendue. Te voilà forcé de nourrir quelques doutes quant à ton athéisme affiché.

Tu n'as jamais eu des expériences de « déjà-vu », Steinn ? Tu n'as jamais rien vécu que tu aurais pu interpréter comme le signe de quelque chose de spirituel ou de transcendantal ?

Bon, il est à peine vingt-deux heures et je ne vais pas aller me coucher avant un bon moment.

Effectivement, il m'est arrivé une aventure de ce genre. C'était dans les années soixante-dix. J'avais pensé t'en faire le récit, lorsqu'on s'est assis dans les ruines du vieux chalet d'alpage, ce jour de juillet, mais il fallait d'abord que je me débarrasse du rêve qui me hantait encore. Et puis les génisses sont arrivées et tu sais bien pourquoi nous sommes redescendus en silence… C'est presque pénible à avouer à notre âge, mais tu vois ce dont je veux parler, et on s'est sentis tout gênés l'un vis-à-vis de l'autre. On n'a plus su quoi dire. C'est pourquoi j'ai proposé qu'on s'envoie des mails. Tu te souviens, je t'en avais parlé quand on a atteint le champ de tir et la grange rouge. Nous avons retrouvé ton mari qui achetait des livres. Notre conversation touchait à sa fin, de toute façon. J'avais pensé qu'on se quitterait après avoir bu une tasse de café tous les trois, mais ce ne fut pas le cas.

Ce n'est que six mois après ton départ, autrefois, que tu m'as enfin donné de tes nouvelles. Tu m'as prié de te renvoyer tes affaires à Bergen. Ce ne fut pas une tâche aisée, car la plupart des choses qu'il y avait dans l'appartement, nous les avions achetées ensemble. Nous avions vécu dans le même endroit depuis l'âge de dix-neuf ans, et c'était impossible de départager ce qui était à moi ou à toi. Je crois, sans me vanter, m'être montré généreux et que tu n'as pas été lésée. Il s'agissait d'objets ayant surtout une valeur affective et je savais ce à quoi tu tenais le plus. Encore que ce qui a le plus de valeur pour l'un n'en a pas forcément moins pour l'autre, c'est même plutôt l'inverse. Tu te souviens certainement de la cloche en verre que nous avions achetée dans le Småland, après être allés à Skåne. Moi aussi, je l'aimais bien, néanmoins je l'ai soigneusement emballée dans du papier de soie et je te l'ai envoyée. J'espère qu'elle est arrivée intacte.

J'ai un jour entendu une anecdote au sujet d'un couple qui devait se séparer d'un commun accord. Ils ont commencé à se partager les livres de manière équitable. Mais, très vite, il s'avéra que le livre que l'un voulait avoir, l'autre l'appréciait également. Ils finirent par admettre qu'ils avaient beaucoup trop de points communs pour se quitter. Aujourd'hui, ils vivent toujours ensemble et ils considèrent le fait qu'ils ont failli se séparer comme un épisode tout à fait anodin dans leur histoire de couple.

Dans notre cas aussi, les livres ont joué un grand rôle, mais, au lieu de nous rapprocher, ils nous ont séparés. Je pense notamment à ceux sur les phénomènes paranormaux ou parapsychologiques dont regorge ta bibliothèque, et plus particulièrement à l'un d'entre eux, tu sais lequel. Il y a parfois plus de sujets de conflit dans un livre que dans une brouille amoureuse.

Après avoir envoyé tous les paquets, j'ai eu la sensation de sceller le divorce. Nous n'avions pas eu besoin de papiers pour vivre ensemble, alors pourquoi en aurions-nous eu besoin pour nous séparer ?

Mais ce matin-là, après être allé à la poste avec les trois cartons de tes affaires, je ne suis pas rentré à la maison. J'ai pris la Coccinelle et j'ai foncé sur le périphérique pour rejoindre la route de Drammen – le genre d'escapade qu'on aimait faire – sans savoir où j'allais. J'ai dû attendre Sandvika pour décider de ma direction, vers Sollihøgda et Hønefoss.

Cinq heures plus tard, j'ai traversé Haugastøl et continué un peu vers le sud ; une fois arrivé sur le haut plateau de Hardangervidda, j'ai garé la voiture. J'ai facilement repéré le chemin de notre ancien campement. J'ai marché un peu dans le coin, et je suis resté assis un long moment avant de reprendre la voiture et de rentrer.

Le campement donnait l'impression qu'on l'avait quitté la veille. J'ai rampé dans notre « caverne » et j'ai retrouvé notre couche, là où nous avions laissé la peau d'agneau. Elle était toujours au même endroit.

Je n'irais pas jusqu'à dire que le feu fumait encore, mais il restait des bouts calcinés de genévrier et de bouleaux nains entre les pierres, comme quand nous sommes partis. Il restait de nombreuses traces de notre passage et, de manière plus ou moins systématique, j'ai procédé à une sorte d'archéologie érotique. Tu avais oublié une de tes moufles vertes, une pièce de cinq couronnes et même une barrette de cheveux en métal souple, ce qui à vrai dire enfreignait notre règle de vivre à l'âge de pierre... Je ne me souviens pas de t'avoir vue t'en servir, elle était peut-être tombée d'une poche. Le savon et le shampoing faisaient partie de la liste noire, alors on utilisait de l'écorce de bouleau nain, du feuillage et de la mousse pour se frotter le corps et se laver les cheveux. J'ai aussi retrouvé quelques-uns des hameçons de pêche que nous avions fabriqués et j'ai presque eu honte de voir toutes les arêtes de poisson disséminées devant la grotte. Les célèbres hommes de Cro-Magnon devaient faire pareil : je crois qu'on s'est fait cette réflexion, en se disant qu'on avait bien le droit d'être un peu bordéliques, non ? Le prestige de notre aventure consistait surtout à vivre de la manière la plus authentique possible. Nous étions des êtres humains, mais nous venions à peine de quitter l'état d'animalité, alors on pouvait avoir des aspects hirsutes et sauvages.

Et puis tout d'un coup – ces choses surgissent sans crier gare – il me semble perdre pied et ne former plus qu'un avec le paysage qui m'entoure. Je n'ai rien fait de spécial pour provoquer cet état, cela m'envahit ; et je ne sais plus ce qui est moi ou mien, cela n'a plus de valeur, tout n'a été qu'illusion.

Je me perds et pourtant je n'ai aucune sensation de perte. Au contraire, je me sens comme libéré, enrichi. Pour une fois, je suis beaucoup plus que ce misérable ego qui m'a causé tant de soucis. Je ne suis pas seulement moi. C'est aussi simple que ça. Je suis aussi ce haut plateau, le pays entier, oui tout ce qui existe, du moindre puceron jusqu'aux galaxies dans l'espace.

Pas facile de décrire l'état dans lequel je me trouve. Je sens et je sais que je suis la pierre sur laquelle je suis assis, et celle-ci et toutes celles là-bas, je suis la bruyère et la camarine à fruits noirs, les bouleaux nains. J'entends au loin un chant mélancolique, inconsolable, et c'est aussi moi qui appelle, c'est ma propre attention que j'essaie d'attirer.

Je souris. Sous la surface agitée des impressions sensitives, du désir et de la volonté, j'ai toujours eu une identité plus profonde, quelque chose d'immobile et de silencieux qui est en adéquation avec tout ce qui est. D'en prendre conscience ramène au calme mon esprit agité. J'ai été la victime du plus grand coup de bluff du monde : j'ai cru être quelque chose de bien distinct de tout le reste. Mais, attention, je ne suis pas en train de faire une expérience transcendantale ! Au contraire, je m'ancre de manière radicale de ce côté-ci.

Une expérience d'intemporalité. Je n'irai pas jusqu'à dire que je me sens échapper au temps, mais j'éprouve un éclatement du temps. Je ne vis pas seulement cet espace restreint, ici et maintenant, mais j'ai la sensation de vivre dans toutes les dimensions du temps. Je ne vis pas seulement ma petite vie étriquée mais je vis à la fois avant, maintenant et après. Je rayonne de tous côtés, et je continuerai à le faire, car tout est un.

Enfin, cette sensation disparaît peu à peu, car je te décris une expérience fugace. Même si elle n'a duré que quelques secondes, j'ai éprouvé une bienheureuse caresse de l'éternité, de tout ce qui m'a précédé et me survivra. Et cette dimension, je l'emporterai désormais partout avec moi, à jamais.

Voilà pour ce qui est arrivé à mon état de conscience. Mais même si j'ai essayé de te faire partager une expérience authentique, je pense, avec le recul, qu'il doit être possible d'atteindre à peu près la même connaissance par la pure réflexion.

Nous disons que nous sommes *au* monde ou *sur* la Terre. Certes. Mais ne serait-ce pas un jeu tentant, pour ne pas dire un exercice libérateur, de laisser tomber ces prépositions gênantes et de dire :

– Je *suis* le monde. Je *suis* cet univers.

J'ai atteint un état de conscience presque indescriptible là-haut sur le haut plateau. Mais ce que j'ai vécu était *vrai*. Oui, je *suis* le monde.

Qu'en penses-tu ? Peux-tu percevoir un espoir de conciliation dans l'axe que je viens de t'indiquer ? Éprouves-tu une forme de bonheur à l'idée que des lièvres, des perdrix et des rennes vont arpenter ce haut plateau pendant encore cent, mille ou un million d'années ? Est-ce que tu sens que tu as partie liée, en quelque sorte, à toute cette diversité qui va te survivre ? Une telle prise de conscience ne peut-elle pas, elle aussi, t'apporter une forme de paix intérieure, la représentation éthérée que ton misérable « moi » va survivre à son existence terrestre en tant qu'« esprit » dans un paradis d'âmes ?

Imagine-toi le dilemme suivant : tu te trouves devant une table où tu as le choix entre deux boutons. Si tu appuies sur l'un, tu mourras instantanément et tu n'auras pas droit à une autre vie après celle-ci, mais en revanche l'humanité et toute la vie sur cette planète continueront à vivre pour un temps indéfini. Pendant des générations et des générations, des fillettes sauteront sur les rochers de l'archipel, comme toi-même le faisais à la fin des années cinquante. Je crois t'y voir encore. Mais il y a aussi un autre bouton et, si tu choisis d'appuyer dessus, tu pourras vivre plus de cent ans. En revanche, et c'est bien là le dilemme, toute l'humanité et toute vie sur Terre mourront en même temps que toi.

Qu'aurais-tu choisi ?

Pour ma part, sans hésiter, j'aurais opté pour le premier terme de l'alternative. Et cela, sans prétendre à la moindre forme de piété ou d'esprit de sacrifice. Car je ne suis pas seulement moi, je ne vis pas seulement ma petite vie individuelle. En creusant plus profondément, je suis l'humanité tout entière et celle-ci, espérons-le, continuera à prospérer après moi. C'est presque une pensée égoïste, puisque j'existe tout autant dans ce qui est situé en dehors de mon propre corps. Sur ce point, en un sens, nous nous rejoignons. Notre enveloppe charnelle n'est pas l'alpha et l'oméga du monde, tout comme notre ego n'est pas le centre de l'univers, même si c'est ce qu'on veut essayer de nous faire croire. Mais n'est-ce pas épuisant de poursuivre son existence en pensant que le centre de l'univers n'a plus que quelques années à vivre ?

J'ai éprouvé une véritable libération spirituelle sur le haut plateau, j'ai senti que j'échappais pour une fois à l'esclavage de l'égocentrisme, comme si les cerceaux d'un tonneau se défaisaient, des cerceaux qui encerclaient le moi ou le soi.

Mais j'ai autre chose à te raconter.

Quand je suis retourné à la voiture, aux alentours de seize heures, j'ai eu envie de continuer ma route encore un peu plus vers l'ouest avant de rentrer à Oslo. J'ai traversé le haut plateau de Hardangervidda et je suis redescendu vers Måbødalen. De là, j'ai pris le ferry à Kinsarvik et, une fois de l'autre côté du fjord, j'ai poursuivi ma route jusqu'à Nordheimsund. Ensuite, en passant par la forêt de Kvam, j'ai rejoint Arna, à quelques kilomètres de Bergen. Il était alors temps de faire demi-tour car le soir tombait. J'avais plus de quatre cents kilomètres de route pour rentrer à Kringsjå.

Mais je n'ai pas réussi à rebrousser chemin, maintenant que j'étais si près de toi. Je suis donc entré en ville et j'ai garé la Coccinelle rouge sur la péninsule de Nordnes. Puis je me suis baladé au hasard dans les rues. C'était absurde, comme je me l'étais déjà répété en traversant le Hardangerfjord, j'aurais tout aussi bien pu emporter et déposer tes affaires chez toi au lieu de te les envoyer par la poste. Tout ça n'avait ni queue ni tête, car si j'avais eu ces colis dans ma voiture, cela m'aurait fourni au moins un bon prétexte pour te rendre visite.

Mais quelque chose me disait que je te rencontrerais en ville, par hasard. J'avais fait un tel chemin pour arriver jusqu'ici. Je tournais au coin d'une rue, et comme je ne t'y voyais pas, j'étais persuadé que je tomberais sur toi au prochain tournant. J'ai fini par grimper sur la colline de Skansen et me suis promené un peu là-haut. J'avais déjà eu plusieurs fois l'occasion de me rendre dans l'appartement de tes parents à Søndre Blekeveien, mais je ne pouvais quand même pas sonner à la porte, cela aurait été beaucoup trop mélodramatique. Je ne voulais pas impliquer tes parents.

Tu allais sans doute, ce soir, faire une promenade. Toi qui avais des antennes pour toujours savoir où j'étais et quand j'allais rentrer, tu allais forcément te servir de tes dons et venir à ma rencontre. Mais ces dons, Solrun, en tout cas, tu ne les as pas mis en œuvre ce soir-là. À supposer que tu aies été là, car au fond rien ne t'empêchait d'être à Rome ou à Paris.

Il s'est mis à pleuvoir. Je suis revenu à Nordnes, tout en gardant l'espoir de te croiser avant d'atteindre la voiture. Mais c'est seul et trempé que je me suis assis dans la Coccinelle. J'ai tourné la clé de contact, sans m'avouer vaincu pour autant. Même en sortant de la ville, je t'ai cherchée du regard : peut-être avais-tu rendu visite à une amie et étais-tu sur le chemin du retour ? À Nordheimsund, j'ai aperçu une silhouette qui m'a fait penser à toi. Mais non. J'ai repris le ferry et je suis rentré à Kringsjå le lendemain matin. Alors je me suis enfermé à la maison et j'ai sangloté. J'ai bu et j'ai dormi.

Notre rupture a été chirurgicale et elle s'est effectuée sans anesthésiant.

Oui, Steinn…

Après t'avoir écrit cette lettre, je nourrissais malgré tout l'espoir secret qu'au lieu de me renvoyer mes affaires, tu viendrais en voiture me les apporter en personne. C'était notre toute dernière chance. J'ai, bien sûr, beaucoup pensé à toi dans les jours qui ont suivi. Un soir, j'ai même cru que tu errais, comme une âme en peine, dans les rues de Bergen. Je me suis imaginé que tu avais emporté mes affaires dans la Coccinelle rouge, mais que tu n'avais pas eu le courage de me les remettre ici, en personne. Il s'était mis à pleuvoir et je suis remontée chercher un parapluie, mais je sentais aussi qu'il fallait vite que je te retrouve. Je suis descendue au marché aux poissons et je suis allée au Torgallmenningen, puis à Engen, à Nøstet et même à Nordnes. Mais je ne t'ai vu nulle part. Je ne mettrais pas ma main au feu que tu étais – physiquement parlant –, à Bergen ce soir-là, mais j'étais persuadée que toutes tes pensées s'étaient tournées vers moi et je savais que nous nous aimions toujours.

Et puis un an a passé et les années, dès lors, se sont enchaînées. Je crois t'avoir envoyé un mot pour te dire que j'emménageais avec Niels Petter, et, quelque temps plus tard, j'ai entendu dire par des amis à Oslo que tu avais rencontré une certaine Berit. Libre à toi de me croire ou pas, mais cela ne m'a pas fait plaisir. J'étais jalouse…

Je n'en reviens pas que tu sois retourné à notre campement dans la montagne. Laisse-moi te dire que je n'ai utilisé aucune barrette en métal, elle a dû tomber de la poche de mon anorak. Quant à la pièce de cinq couronnes, es-tu sûr que ce n'est pas toi qui l'as fait tomber ?

Tu n'as pas retrouvé de mégots, dis-moi ? Tu te rappelles ? Il n'était pas question d'emporter des cigarettes dans notre aventure pour vivre à l'âge de pierre. On a donc cessé de fumer, ou, plus exactement, on a fait une longue pause sans cigarette. Mais un jour que tu revenais de la pêche, j'ai clairement senti que tu en avais grillé une en cachette quand je t'ai embrassé. Tu as d'ailleurs avoué tout de suite, pour te libérer du poids de la culpabilité. Tu t'en voulais tellement, Steinn. Tu m'as tout de suite remis le paquet de cigarettes et on l'a jeté dans les flammes le soir même.

Mais qu'est-ce que tu penses de l'expérience que j'ai faite là-haut, l'année suivante ?

Oh, je crois comprendre ce que tu décris. Ce que tu as vécu rejoint assez ce en quoi je crois. Dans la matière, tout est un – avec des origines qui remontent jusqu'à ton big-bang. Mais ne sommes-nous pas avant tout des individus uniques ? Des personnes sans équivalent ? Nous disions cela autrefois. Aujourd'hui, j'ajouterais que nous sommes des créatures spirituelles.

L'idée que les atomes et les molécules que mon corps laissera derrière lui pourront plus tard entrer dans la composition d'un lièvre ou d'un renard des montagnes peut faire rire plus d'un. Mais pour moi, c'est autre chose qu'une boutade. Car alors je ne serai plus, Steinn ! Tu entends ? Cette pensée me paraissait autrefois insupportable. Je ne voulais pas accepter de ne pas vivre éternellement. Je voulais durer ! Et aujourd'hui, j'ai un espoir merveilleux, oui, une foi merveilleuse que tu ne partages pas.

Je ne veux pas minimiser l'importance de l'expérience magnifique que tu as vécue là-haut, un an après mon départ. Mais je doute de ta sincérité quant à ta conversion à une forme de panthéisme. Peut-on vraiment te faire confiance quand tu parles du choix que tu aurais eu entre les deux boutons ? Dans ton rêve, en effet, il s'agissait exactement de l'inverse. Tu sacrifiais tout l'avenir de l'humanité pour grappiller quelques heures de vie supplémentaires. Qui plus est, tu n'hésitais pas à supprimer tes deux compagnons pour leur voler leur oxygène afin de prolonger ta vie dans le vaisseau spatial et de te contempler, encore quelques heures de plus, dans le miroir de ta conscience !

Mais c'était un rêve. Tu sais bien que l'on rêve de choses que l'on ne ferait jamais en vrai !

Bien sûr, je sais que tu es un homme qui est attentif aux autres. C'était d'ailleurs touchant de voir le soin avec lequel tu avais emballé mes affaires. Et tu t'es montré très généreux. Le fait que tu as gardé la Coccinelle rétablissait un peu l'équilibre, mais on n'en avait jamais parlé entre nous, puisque de toute façon je n'avais pas le permis. C'est même toi qui as payé seul la réparation du pare-chocs et des phares avant.

La vieille cloche en verre trône sur le rebord de la fenêtre, face à moi, et maintenant je la soulève de la main gauche et je la fais sonner. Est-ce que tu l'entends ?

Oui ! Je n'oublie pas Småland. Sur le petit lac aux rives couvertes de joncs nageaient côte à côte deux cygnes tuberculés. Tu les as montrés du doigt en disant que c'était toi et moi et qu'en réalité nous regardions nos propres âmes dans l'eau miroitante. Tu te rappelles ? J'ai alors passé un bras autour de ton épaule et je t'ai dit ceci :

– Ils sont l'âme du monde. Ils n'en ont pas eux-mêmes conscience, mais c'est la conscience du monde qui nage là, sur l'eau…

J'ai toujours eu une vision romanesque de la nature. Toi aussi. À la différence que toi, tu te sentais parfois menacée par elle.

Berit dort. Est-ce que tu vas encore m'écrire ce soir ?

Je me souviens des cygnes. Et je me rappelle que nous n'étions pas d'accord pour dire ce qu'ils symbolisaient. Je t'enverrai un mail cette nuit. Mais ne reste pas éveillé pour cela. Va te coucher, Steinn, tu liras ça demain matin.

Pas question. Nous voguerons ensemble dans la nuit.

Qu'est-ce que tu racontes ? Tu n'as pas bu au moins ?

Ne t'en fais pas. Ai-je dit quelque chose d'inconvenant ? Tu n'as qu'à écrire, je vais certainement veiller.

Je vais essayer de faire bref, car tu sais déjà presque tout.

Je devais, en ce temps-là, avoir dix ou onze ans et je passais mes grandes vacances sur l'île d'Ytre Sula quand une hirondelle est soudain venue se fracasser contre la fenêtre du salon de ma grand-mère. Celle-ci m'a conseillée de ne pas intervenir, car parfois, disait-elle, ces oiseaux sont seulement étourdis par le choc, ils peuvent revenir à la vie et, un quart d'heure ou une demi-heure plus tard, reprendre leur envol. Elle affirmait que certains avaient droit à une seconde vie, une vie après la mort : l'oiseau semblait mort, mais tout à coup il se mettait à nouveau à battre des ailes. Malheureusement, la journée et la nuit s'écoulèrent sans que l'hirondelle reprenne vie. Ce n'était plus qu'un tas inerte le lendemain matin et j'ai dû l'enterrer. J'ai dû le faire toute seule, car mes parents étaient à Bergen. J'aurais aimé que grand-mère m'aide, mais elle trouvait qu'il incombait aux enfants d'enterrer les oiseaux morts – nous en avons reparlé, toi et moi, quand mes crises sont revenues.

À partir de cet âge-là, j'ai grandi en m'identifiant à ces pauvres oiseaux. Au lieu d'être une enfant comme les autres, j'étais devenue une partie de la nature. Le temps de l'innocence et de l'insouciance était révolu.

Oui, Steinn, c'est merveilleux de penser qu'il naît toujours de nouveaux enfants qui ont la possibilité de vivre longtemps – en fait, une multitude d'instants – sans avoir la conscience d'être mortels, sans chagrin et sans peur. Pour moi, cette vie s'est terminée brutalement ce jour-là quand j'avais dix ou onze ans. Bien avant d'être pubère, j'étais terrorisée et, d'une certaine façon, j'avais pris mes distances avec ce monde-ci. J'étais en tout cas en train de m'en éloigner à grands pas.

Puis je suis venue à Oslo et j'ai fait ta connaissance. Les années précédentes n'étaient, dans mon souvenir, qu'une succession interminable de cours de piano, de tennis, de leçons à apprendre, et, vers la fin, d'un peu de flirt lors de soirées trop arrosées. Mais tu as su déceler cette blessure en moi, car tu savais ce qu'était une blessure, ce que l'on cache derrière une façade de sérieux. Comme moi, tu savais qu'il n'existe, pour des gens comme nous, que cette vie, ici et maintenant.

Nous étions si nus, sans défense, livrés l'un à l'autre, et nous nous stimulions à l'excès dans tout ce qui était extase et communion avec la nature, c'est-à-dire tout ce qui, pour un moment au moins, refoulait nos pensées quant à la finalité ultime de nos vies.

Mais j'avais en permanence une vision dualiste de l'existence qui, depuis l'été chez ma grand-mère, ne m'a plus quittée. Je sentais que nous étions avant tout des âmes et que les appétits corporels – prompts à susciter le désir mais faciles à rassasier – étaient d'une tout autre nature. C'était quelque chose relevant de notre identité sexuelle en tant qu'homme et femme, quelque chose qui pouvait nous donner du plaisir, mais finalement d'assez éphémère et extérieur. N'est-ce pas aussi ce que tu ressentais ?

J'éprouvais un plaisir indicible quand, venant derrière moi, tu posais parfois une main sur mon front, me soufflais dans la nuque en soulevant légèrement mes cheveux et me murmurais :

– Bonjour, belle âme !

Cela signifiait que tu voulais autre chose que faire l'amour avec moi, et c'était plus fréquent qu'on ne le pense. Dans ces moments-là, tu parlais vraiment à mon âme, tu ouvrais une lucarne pour pénétrer dans une autre dimension – celle de mon esprit – et c'est mon âme qui te répondait. La plupart du temps, je disais simplement :

– Oh, Steinn…

C'était assez. Que peut-on se dire d'autre entre âmes sœurs ? Je n'aurais pu être plus proche de toi.

Tu avais aussi le don d'annoncer ton arrivée, Steinn. Souvent ton esprit revenait dans l'appartement de Kringsjå, une demi-heure avant ton vrai retour. Les premières fois que je percevais que tu étais en route, je courais vers la porte d'entrée pour t'accueillir, dans l'espoir de t'attirer aussitôt dans la chambre à coucher – oui, il m'arrivait de te préparer ce genre de guet-apens –, mais j'ai fini par comprendre que tu m'envoyais seulement un signe, tu étais « en chemin », comme on dit. J'avais alors le temps de préparer un bon dîner, je pouvais aussi me faire belle pour te séduire – tentatives toujours couronnées de succès quand je m'en donnais les moyens… Rappelle-toi le nombre de fois où tu es rentré à la maison et as trouvé les bougies allumées sur la table et la chambre à coucher déjà chauffée. Tu savais alors ce qui t'attendait, tu l'appelais en riant le sauna d'amour et tu étais déjà heureux. Si je te parle de cela, Steinn, c'est uniquement pour te montrer que mon « penchant » pour ce que tu appelles l'occulte remonte aussi loin que notre relation.

Tiens, un jour de mai 1976, on s'est réveillés en même temps, c'était quelques jours avant de partir en randonnée sur le glacier de Jostedal. J'avais fait un rêve et, encore sous le choc, je me suis tournée vers toi. Tu as tout de suite eu peur, en voyant l'intensité de mon regard. Était-ce le signe avant-coureur d'une nouvelle crise ?

– Qu'est-ce qu'il y a ? m'as-tu demandé.

Et j'ai répondu :

– J'ai rêvé que Bjørneboe était mort.

– Mais non, as-tu dit car tu ne croyais jamais à ce genre de signes.

Mais j'ai répété :

– Si, je sais que Jens Bjørneboe est mort. Il n'en pouvait plus, Steinn.

Et je me suis mise à pleurer. Nous venions de lire *Le Rêve et la Roue*, et nous connaissions presque tous ses textes. Cela t'a contrarié. Tu t'es levé et tu as allumé la radio dans la cuisine. Quelques minutes après, il y a eu un bulletin d'informations qui annonçait la mort de Jens Bjørneboe. Tu t'es recouché et t'es blotti contre moi.

– Mais qu'est-ce que tu as, Solrun ? Arrête avec ça ! Tu me fais peur, as-tu dit.

Oui, il m'arrivait d'avoir des rêves prémonitoires. Aujourd'hui, j'en ai moins. Mais vu que ton âme, ton « esprit annonciateur » ou ton « messager » te précédait d'une demi-heure, et que j'avais ces rêves précognitifs dont nous avions la confirmation dès le lendemain matin, j'ai fini par accepter de plus en plus l'idée que nous autres, êtres humains, avons en réalité une âme libre, je veux dire, indépendante des corps que nous habitons provisoirement.

Certes, cela ne suffisait pas pour que j'accepte mon destin comme simple « invitée dans le monde réel ». J'ai pleuré et tu as été courageux : tu m'as supportée. Un jour de septembre, j'ai eu une nouvelle crise, tu te rappelles ? On s'était donné rendez-vous devant l'auditorium Sophus Bugge après le cours d'Edvard Beyer sur le poète Wergeland, et tu m'as consolée de ton mieux en me disant :

– Ce soir, tu seras la reine du Theatercaféen.

Ce restaurant était bien au-dessus de nos moyens, mais

nous venions tous deux d'obtenir notre prêt étudiant et ce fut un grand soir. J'ai même eu droit à deux desserts ! Tu étais si gentil pour moi.

Cependant, avec le temps, tu es devenu plus sceptique, plus froid. Quelque chose en toi a changé. Une forme de cynisme, sur le plan de la raison, s'entend. Ton amertume a pris ce chemin-là et la mienne en a pris un autre. Le chemin de l'espoir.

La télépathie, les expériences de perception extrasensorielle ou la clairvoyance sont des phénomènes réels pour moi, dès le jour où j'ai perçu les signes avant-coureurs de ta venue. Au début, je refusais de l'admettre. « Mais non, il ne va pas rentrer maintenant… » Et tu rentrais quand même !

Et quand nous sommes tombés sur le fameux livre, le terrain était prêt pour recevoir son message. Je n'ai pas été tout à fait prise au dépourvu quand nous avons rencontré la Femme aux airelles sauvages, quelques heures plus tard. J'étais arrivée à destination. Il fallait bien qu'il y ait quelque part une solution, une planche de salut…

Qu'est-ce qu'un être humain, Steinn ? Penses-tu souvent au fait que ta cuisse et ton avant-bras, sous la fine couche de peau si sensible au toucher, sont de chair et de sang ? As-tu jamais essayé de te représenter à quoi ressemblent tes viscères et tes intestins ? Je veux dire, de l'intérieur ! Est-ce que ton être se résume à cela ? Comment distingues-tu en toi ce qui te constitue en tant que sujet qui parle, pense et rêve ? Est-ce dans la bile ou la rate ? Dans le cœur ou les reins ? Dans l'intestin grêle peut-être ? Ou bien est-ce situé dans l'âme, dans l'esprit, dans ce qui *est*, puisque tout le reste n'est que tic-tac d'horloge et grains de sable dans un sablier. Autrement dit, de la neige qui fond, de la neige boueuse…

J'en arrive à l'avant-dernier soir dans ce vieil hôtel en bois, la veille du jour où la propriétaire nous a demandé de surveiller ses trois petites filles une demi-heure, le temps d'aller à la banque.

Nous avions bu du calvados et allions monter nous coucher. Mais on est passés par la salle de billard pour faire une partie – enfin, une sorte de partie. C'est étrange de penser que les trois boules en ivoire sont toujours sur le feutre vert du tapis. Combien de fois se sont-elles entrechoquées depuis ?

La salle de billard servait aussi de bar et de bibliothèque. Après que j'ai gagné dix points et toi seulement huit, nous sommes allés voir les étagères de livres comme on le faisait tous les après-midi et tous les soirs, sans exception. C'était un choix d'ouvrages très sélectif, tous assez anciens. La plupart traitaient de géographie, géologie et glaciologie. Mais soudain – comme pour faire un contrepoids spirituel – j'ai découvert ce livre, *Aandernes Bog*, paru à Christiania en 1893, deux ans seulement après la construction du vieil hôtel. Il était traduit du français, son titre original était *Le Livre des esprits* et il avait été publié à Paris en 1857.

C'était la veille de notre rencontre avec la Femme aux airelles sauvages. Mais déjà, dans la salle de billard, nous avons commencé à feuilleter ce livre, je t'ai lu quelques phrases avant que nous l'emportions dans notre chambre. Au début, on s'est amusés à se faire la lecture à haute voix. Un homme réel avait bel et bien rédigé ce livre, mais cela paraissait être le manifeste de révélations venant du monde des esprits. Il contenait une série de déclarations émanant de l'esprit de personnes décédées – ces phrases étant recueillies par des personnes vivantes, au cours de séances de spiritisme. Je me souviens qu'après avoir reposé le livre sur la table de nuit, tu m'as confié :

– Je préfère avoir une femme vivante dans mes bras que dix esprits sous mon toit.

Et j'ai été sensible à ton charme, je dois l'avouer. C'était la nuit.

Mais à partir de là, quelque chose a commencé à germer en moi. En l'espace de quelques semaines, j'étais devenue spiritualiste, plus exactement spiritualiste chrétienne. C'est devenu ma croyance, et mon esprit a trouvé l'apaisement.

Le lendemain après-midi, nous avons rencontré la Femme aux airelles sauvages. Une rencontre bien étrange. Mais ne crois-tu pas que, lorsqu'on est réceptif, quelque chose s'ouvre alors à soi ?

En tout cas, aucun oiseau ne peut entrer dans une maison si toutes les fenêtres sont fermées. Il ne peut que se fracasser contre la vitre.

Quand on fait l'expérience de phénomènes tels que la télépathie, la clairvoyance ou les rêves précognitifs, on prend conscience qu'au-delà des corps que nous habitons ici et maintenant, nous sommes des âmes qui appartiennent à un tout autre ordre que l'ordre matériel. De là, j'ai facilement pu franchir le pas qui conduit à la croyance en l'immortalité de l'âme.

Mais comment ça se passe du côté d'Oslo ? Tu dors ?

Non, j'ai lu. Il est bientôt deux heures du matin. Tu es toujours devant l'ordinateur ?

Oui.

C'est à peine croyable. Tu as vraiment trouvé un moyen de rédemption. Tu as trouvé un moyen de sauver ton âme effarouchée… Je t'envie presque, car je ne partage pas ta nouvelle foi et je tremble.

Mais je n'ai pas encore renoncé à t'entraîner dans mon sillage. Un jour, je réussirai à te convaincre.

Oh, je ne t'empêche pas d'essayer. Peut-être ai-je, moi aussi, des doutes quant à mon panthéisme revendiqué. Mais tu ne crois pas qu'il serait temps d'aller au lit ?

Si. On va se coucher. Pour une fois, c'est toi qui l'as proposé le premier !

Bonne nuit !

Bonne nuit !

Une dernière chose encore. J'ai réservé toute ma matinée pour essayer de raconter très précisément ce qui s'est passé, il y a plus de trente ans. Je vais d'abord dormir quelques heures, puis je m'y mettrai le plus tôt possible. Je te l'enverrai par petits bouts dans le courant de la journée. Si tu peux te rappeler toute l'histoire de l'univers, il y en a un de nous qui se rappelle ce que nous avons vécu, autrefois. Ça te convient ? Sommes-nous enfin prêts à mettre des mots sur ce qui est arrivé ?

Prenons le risque. On s'était promis de ne jamais revenir dessus, mais il est peut-être temps de rompre cette promesse mutuelle de silence.

Devine ce que j'ai bu à petites gorgées, toute la soirée ?

Du calvados ! Je le sens d'ici… Ah, cette odeur de pommes brûlées…

Impressionnant ! Tu as vraiment des antennes. Allez, bonne nuit. Tu me feras signe demain.

Dors bien !

VII

Cet après-midi, fin mai 1976, je me tiens à la fenêtre de notre chambre à coucher, à Kringsjå. La fenêtre est ouverte, l'air est doux, et je respire le parfum suave du printemps. Est-ce le signe d'une nouvelle année ou suis-je en train de respirer l'odeur aigre-douce de décomposition de l'année écoulée ? Il ne peut s'agir des nouvelles branches des arbres, c'est donc bien l'odeur de la terre humide que je sens, cette terre grasse d'où jaillissent les nouvelles pousses. J'aperçois une pie turbulente dans un buisson et un chat qui essaie de l'effrayer. Cette pie me fait penser à l'oiseau que j'ai dû enterrer, à Solund, et à nouveau j'éprouve ce sentiment violent de ne faire qu'un avec la nature. J'ai alors de nouveau une crise. Les larmes me montent aux yeux et je suis prise d'une violente migraine. Puis je pleure, ça commence toujours par une sorte de grognement. Tu as deviné ce qui me tourmente, car tu accours aussitôt, tu passes devant le poster du *Château des Pyrénées*, mais avant que tu m'enlaces, je me retourne et te regarde fixement :

– Un jour, nous ne serons plus ! haleté-je, à moins que je ne crie.

Je sanglote de plus belle, mais je me laisse consoler, tandis que tu cherches à trouver ce qui pourrait me calmer. Une promenade autour du lac de Sognsvann ne suffira pas cette fois. Je ne me souviens pas mot pour mot de ce que tu as dit, mais tu me serres dans tes bras, emmêlant mes cheveux de ta main gauche, ta main droite restant posée sur ma colonne vertébrale. Il y a plusieurs manières de serrer une femme dans ses bras, et tu avais la tienne.

– Allez, sèche tes larmes. Et si on partait se balader à ski sur le glacier de Jostedal ?

Une demi-heure plus tard, nous voilà dans la voiture, les skis fixés sur le toit et les sacs à dos fourrés dans le coffre. La dernière fois que nous étions partis à l'aventure, c'était pour cette expérience d'hommes des cavernes sur le haut plateau de Hardangervidda, l'été précédent. Le soleil était de nouveau haut dans le ciel et nous pouvions reprendre nos escapades. J'adorais ça. Oh, comme j'aimais ces échappées belles !

Oui, je connaissais de brusques changements d'humeur. Déjà, avant d'arriver à Søllihøgda, j'étais dans un état euphorique. Toi aussi. Nous étions si heureux, Steinn ! Nous vivions ensemble depuis que nous avions dix-neuf ans, autant dire depuis toujours ou presque, et on se connaissait mieux que quiconque. On se disait même parfois qu'on commençait à se faire vieux. C'est douloureux de repenser à cela aujourd'hui, car nous étions alors si jeunes et nous avions encore toute la vie devant nous. C'était il y a trente et un ans.

À bord de notre petite Volkswagen rouge, nous sommes partis en direction de Sundvollen, en nous imaginant – au-delà de rester un homme et une femme – que nous étions deux hirondelles qui tournoyaient au-dessus des cimes des sapins et qui, de là-haut, apercevaient une coccinelle rouge. Tu te souviens ? Nous avions l'impression de nous voir nous-mêmes serpenter dans ce paysage, avec les skis sur le toit de la voiture, alors qu'on était presque en juin. Avec ce sentiment d'être au monde comme nulle part ailleurs. Il faut dire que pour s'offrir cette modeste voiture, nous avions dû tous les deux travailler pendant deux étés.

Arrivés le long du lac de Krøderen et à Hallingdal, nous avions épuisé les sujets de conversation – on avait parlé de tout ! – et, à partir de Bromma, nous sommes restés silencieux, enfin presque deux minutes ! On voyait le même paysage, alors pourquoi décrire vainement à l'autre ce qu'on voyait ? On a même réussi une fois à tenir quatre ou cinq minutes sans se parler, avant que l'un de nous n'éclate de rire et n'entraîne l'autre. Et la discussion a repris de plus belle.

On avait beaucoup roulé, mais Hemsedal et la côte ouest nous attendaient. Tout en haut de Hemsedal, un gros camion avec une plaque d'immatriculation étrangère était garé sur un parking, à droite de la route. Dans la semaine qui a suivi, nous avons beaucoup reparlé de ce véhicule. À quelques kilomètres de là, nous avons remarqué une femme qui marchait sur le bas-côté, en direction de la montagne, c'est-à-dire dans la même direction que nous.

– Regarde ! as-tu dit.

Puis :

– Tu la vois ?

La nuit commençait à tomber et nous avons trouvé bizarre qu'une femme seule se promène dehors à cette heure avancée. Si on ne s'est pas arrêtés pour lui proposer de monter, c'est parce qu'elle ne marchait pas vraiment sur le bord de la route, mais sur un sentier parallèle, à quelques mètres de là, et que son pas semblait très décidé. Elle portait un vêtement gris et un châle rouge jeté sur les épaules. Cela faisait une jolie touche de couleur dans le paysage, surtout par cette nuit d'été aux reflets bleutés. Tu as ralenti et, arrivés à sa hauteur, nous avons tous deux tourné la tête vers elle. Les jours suivants, nous étions d'accord pour la décrire comme une femme d'un certain âge, avec un châle rouge sur les épaules.

Tu ne dors pas, Steinn ? Tu es déjà debout, toi aussi ? En ces heures où je suis dans ma chambre jaune à me remémorer cette fameuse journée, j'ai besoin de te sentir près de moi. Nous étions convenus de ne jamais évoquer ce qui s'était passé là-haut dans la montagne, mais beaucoup d'eau a coulé sous les ponts et nous sommes déliés de cette promesse.

Je suis là. C'est encore le petit matin, mais je suis dans la cuisine avec un double espresso et je lis tes mails dès que je les reçois. Cela sera comme ça toute la journée, je serai connecté en permanence. Dans un moment, je vais aller au bureau avec mon ordinateur portable. Je crois bien que c'est la première fois que je pars si tôt de la maison, le jour pointe à peine. Berit dort, et je vais laisser un message en la prévenant que je me suis réveillé de bonne heure et que je n'ai pas réussi à me rendormir. Je lui dirai que j'ai beaucoup de travail en retard.

Mais raconte-moi, j'ai hâte de lire la suite. Tu as meilleure mémoire que moi.

Là-haut, à Hemsedal, tu as commencé à faire la tête parce que tu craignais qu'il n'y eût de chambre à l'hôtel, et tu as eu soudain très envie de moi. C'était juste après avoir dépassé la femme au châle. Au début, sur le ton de la plaisanterie, tu as fait une allusion un peu appuyée, c'est tout, puis tu as commencé à te montrer entreprenant et à me faire comprendre que ton corps n'allait pas attendre indéfiniment. Cela m'a fait rire, mais tu t'es engagé sur un sentier forestier à droite, près de la rivière et on a roulé quelques mètres. Il n'avait pas plu, et j'ai pensé que tu allais m'attirer dans la bruyère, entre les arbres. Mais il faisait trop froid pour cela. Tu avais pour nous deux d'autres projets, plus acrobatiques, à l'intérieur de la Coccinelle. Des fantasmes, mon pauvre, qui ne te laissaient pas tranquille.

– Je ne suis qu'un être humain, m'as-tu dit.

Je t'ai regardé du coin de l'œil, tes yeux étaient ronds comme des billes et tu as avoué :

– Oui, je ne suis qu'un homme.

Une demi-heure plus tard, nous étions de nouveau sur la route nationale et tu as appuyé sur l'accélérateur. Après le plaisir des corps, nous avions la sensation de traverser l'espace comme un projectile lancé à vive allure. Direction la montagne ! Nous étions sur la nationale 52 – une drôle de coïncidence car nous étions tous les deux nés en 52 !

– La route de notre année de naissance, as-tu dit.

Ou peut-être que c'était moi.

En tout cas, c'est toi qui as conduit tout le temps, je n'avais alors pas encore mon permis. Il devait être minuit, mais il ne fait jamais entièrement nuit à cette époque de l'année. La journée avait été chaude, mais maintenant la température avait chuté et il y avait du brouillard, il ne faut pas oublier que nous étions en haute montagne. Si on avait été en automne, les contours auraient été plus distincts et on aurait mieux vu les phares des voitures. Rien que le bleu de la nuit autour de nous et l'insomnie, malgré la fatigue des corps. À l'horizon, une vague clarté. Je crois l'avoir remarquée, on en a parlé en tout cas, dans les jours qui ont suivi.

À la ligne de partage des eaux et le long du lac d'Eldrevatnet qui délimite l'autre département, nous avons soudain aperçu quelque chose de rouge qui flottait dans la pénombre. La voiture a heurté un obstacle et les ceintures de sécurité se sont bloquées. Tu as ralenti, ou du moins la vitesse du véhicule s'est réduite, mais après quelques secondes tu as appuyé de nouveau sur l'accélérateur. Il a fallu quatre ou cinq minutes avant que l'un de nous n'ouvre la bouche. À quoi pensais-tu ? À quoi pensais-je ? À supposer que nous ayons pensé quoi que ce soit. Peut-être étions-nous tout bonnement en état de choc.

Après avoir laissé le lac derrière nous, on a croisé une camionnette blanche qui empruntait cette route de montagne en direction de l'est. C'est à ce moment-là que tu as dit :

– Je crois que j'ai renversé quelqu'un !

Tu as dit tout haut ce que je pensais tout bas. Tu t'es tourné vers moi, d'un mouvement violent, et j'ai hoché la tête, paniquée.

– Je le sais, ai-je avoué. On a renversé la femme au châle rouge.

Nous avons dépassé l'auberge de montagne Breistølen Fjellstue et avons amorcé le premier virage en épingle à cheveux, celui qui annonce la redescente vers la côte ouest. Et là, en plein virage, tu t'es arrêté net et tu as fait demi-tour. Tu n'as rien dit mais je lisais dans ton regard fixe et tes épaules raides ce que tu pensais : « Elle a peut-être besoin d'aide. Elle a peut-être été grièvement blessée. Nous avons peut-être tué un être humain… »

Quelques minutes plus tard, nous étions de retour sur le lieu où nous avions heurté un obstacle dans la pénombre. Tu as arrêté la voiture et on s'est précipités tous les deux dehors. Il faisait froid et le vent s'était un peu levé. Mais nous n'avons vu personne. Tu as remarqué que le phare avant droit était cassé et tu as ramassé les débris de verre épars sur la route et le bord de la chaussée. On a regardé autour de nous et tout à coup tu as indiqué du doigt un châle rouge, posé sur la bruyère, dans la pente qui mène au lac, à quelques mètres de la voiture et de la route. Le châle n'était pas déchiré et il était sec. Il frémissait légèrement dans le vent, comme s'il respirait. Aucun de nous n'a osé le toucher. Nous eûmes beau regarder autour de nous – c'était pourtant une claire nuit d'été –, impossible de distinguer la moindre personne alentour. Tu as encore trouvé quelques morceaux de phare, puis nous sommes repartis. Vite.

Nous étions en état de choc. Ton pied tremblait sur l'accélérateur ainsi que tes mains sur le volant. Je crois que nous avons gardé le silence, mais nos âmes étaient trop fusionnelles pour ignorer les pensées et les sentiments qui nous agitaient.

Dans les heures et les jours qui ont suivi, nous avons essayé d'analyser la situation en passant chaque détail en revue, mais nous avions tous deux la certitude d'avoir renversé la mystérieuse femme aperçue dans la lande, juste avant notre intermède amoureux au bord de la rivière. Ce faisant, nous lui avions permis de prendre de l'avance. Une avance fatale.

La seule trace d'elle était ce châle rouge. Tous deux, nous avons pensé que la camionnette blanche avait dû s'arrêter pour la transporter blessée ou morte. C'était la seule explication à cette disparition comme par magie. À l'époque, il n'y avait pas de téléphone portable. Le conducteur de la camionnette blanche avait dû s'arrêter à la première ferme à Hemsedal pour demander de l'aide et prévenir la police et les secours. À moins qu'il n'ait préféré continuer sa route pour arriver le plus vite possible aux urgences médicales de Gol. À supposer que la femme fût encore en vie. Sinon, à quoi bon se dépêcher ? Ou bien le chauffeur s'était peut-être rendu directement au poste de police pour remettre aux agents le corps d'une femme trouvé sur la nationale 52 ? Il aurait alors déclaré en toute objectivité avoir croisé en chemin une Volkswagen de type Coccinelle...

La route descendait vers la côte ouest, et en repassant devant Breistølen et à l'approche des virages en épingle à cheveux où nous avions rebroussé chemin, tu t'es de nouveau arrêté net et tu m'as ordonné de descendre.

– Sors ! as-tu crié. Sors !

Tu étais furieux, j'ai cru que tu m'en voulais, que tu allais me faire du mal. Je n'ai pas osé te contredire. J'ai donc défait ma ceinture de sécurité et je suis descendue de la voiture.

– Steinn, Steinn ! t'ai-je imploré, en larmes.

Où comptais-tu aller ? Est-ce que tu comptais m'abandonner ici ? J'étais si bouleversée que j'ai même pensé : est-ce qu'il va me tuer ? Pour supprimer un témoin gênant ? Il a peut-être déjà tué...

Sur ce, tu as fait rugir le moteur et tu as appuyé sur l'accélérateur. Allais-tu plonger dans le vide et te suicider ? J'ai crié à nouveau :

– Steinn ! Steinn !

Mais tu as seulement foncé dans un bloc de pierre au bord du ravin. D'un pas résolu, tu es sorti pour constater les dégâts : le phare avant gauche était à présent lui aussi cassé et le pare-chocs était tordu, largement froissé.

Je t'ai demandé pourquoi tu avais fait ça.

Et tu m'as répondu, sans même lever les yeux vers moi :

– C'est ici que nous avons eu un petit accident avec la voiture.

Tu as pris les morceaux que nous avions ramassés là-haut et tu les as placés sur le sol, devant le bloc de pierre, à côté des nouveaux débris. On aurait dit que tu mettais en place les dernières pièces d'un puzzle.

On était au milieu de la nuit et il faisait froid. J'ai pensé que la voiture n'allait peut-être pas redémarrer, mais la direction n'était heureusement pas faussée. La carrosserie était assez abîmée, et malgré le bruit de la ferraille nous pouvions rouler. La version officielle serait que, sous l'effet de la fatigue, nous étions rentrés dans une grosse pierre d'angle dans le virage, ces garde-fous naturels qui préviennent les conducteurs imprudents d'une chute libre de plusieurs dizaines de mètres.

Arrivés à Borgund, nous avons sursauté en voyant surgir la vieille église en bois debout, tel un décor macabre dans le brouillard de l'aube. L'église était entourée de vieilles pierres tombales, et devant l'une d'elles brûlait une bougie qui jetait des reflets rouges.

Nous avons poursuivi notre route le long de la rivière Lærdal, tandis que le soleil se levait peu à peu ; de manière paradoxale, plus il faisait jour, plus nous avions peur. À l'approche de Lærdal, il faisait tout à fait jour, mais nous étions d'avis qu'il était trop tôt ou trop tard pour chercher une chambre pour dormir, cela aurait risqué d'éveiller les soupçons et nous n'avions pas envie d'attirer l'attention sur l'état de la voiture. Alors on a roulé la dernière dizaine de kilomètres jusqu'au débarcadère à Revsnes. Le premier ferry n'était que dans quelques heures, on s'est placés dans la file d'attente – on était évidemment les premiers – et on a décidé d'incliner les sièges pour essayer de se reposer un peu. Mais au fond de nous, on s'avouait vaincus. Nous étions persuadés que la police allait nous arrêter avant que nous ayons le temps de passer de l'autre côté du fjord. C'était la seule route. Nous étions bloqués ici. Même si la femme n'était pas en état de parler, le conducteur de la camionnette blanche avait dû signaler avoir croisé une Coccinelle rouge avec des skis sur le toit, quelques minutes à peine avant de découvrir la victime. Il était évident que la police allait nous cueillir d'une minute à l'autre.

Que faisait cette femme à marcher dans la montagne en pleine nuit ? Il n'y avait aucune habitation alentour, pas même un chalet de chasse ou une maison de pêcheur. Les vêtements qu'elle portait ne ressemblaient en rien à ceux que l'on porte pour partir en randonnée.

Qui donc était cette personne ? Et si elle n'était pas seule ? S'il y avait quelqu'un avec elle, quelqu'un que nous n'aurions pas vu ? Était-elle impliquée dans un quelconque trafic ? Nous n'avions pas oublié le grand camion sur le parking de Hemsedal. Il se passait peut-être des histoires louches…

Nous étions trop tendus pour pouvoir dormir. Mais nous avions peur de la lumière. Alors nous sommes restés les yeux fermés à chuchoter comme des enfants qui dorment une nuit chez un camarade.

On s'est dit, je me rappelle, que nous venions seulement de nous déplacer de quelques degrés sur une petite planète qui est en orbite autour d'un soleil, et tu as ajouté que ce soleil n'était qu'un soleil parmi des centaines de millions d'autres étoiles de la Voie lactée. Et nous voilà repartis dans nos interminables discussions. Ce que nous venions de vivre n'était que de l'écume à la surface d'un vaste océan. Il fallait voir au-delà. Ne pas garder les yeux rivés sur sa petite personne !

Mais, cette fois-là, les larmes ne me sont pas venues aux yeux et je n'ai pas sangloté à la pensée qu'un jour nous ne serions plus. Cela n'avait aucune importance maintenant, l'heure n'était plus au chagrin, la culpabilité avait pris toute la place. Nous étions responsables de la mort d'un être humain ! C'était une pensée si terrible que je n'ai pas eu la force d'en parler. Une pensée obsédante. Responsables de la mort d'un autre ! Moi qui déjà n'avais pas le courage d'admettre qu'un jour je disparaîtrais de la surface de la Terre, et ainsi prendrais congé à jamais de cet immense univers… Et de toi aussi, Steinn, de toi aussi.

Je crois qu'à partir de ce fragile matin, sur le débarcadère, nous n'avons plus guère évoqué « celle que nous avons renversée » ou fait d'allusions à l'accident. Nous disions seulement « ça » ou, s'il fallait être plus précis, « ce qui s'est passé ». Tu avais roulé comme un fou là-haut, il y avait eu cette descente en pente douce où tu avais continué à appuyer sur l'accélérateur, poussant la pauvre Coccinelle à fond, et peut-être avions-nous renversé une femme dans la montagne de Hemsedal et l'avions-nous tuée. Mais que dire après cela ? Quand nous sommes rentrés à Oslo, cet épisode était définitivement refoulé, mis sous cloche. Comment allions-nous dorénavant réussir à vivre ensemble ? Vivre ensemble, cela veut dire, entre autres, parler, penser à haute voix ensemble, plaisanter et rire, cela veut aussi dire dormir ensemble et être proches l'un de l'autre.

En revanche, nous avons souvent évoqué la Femme aux airelles sauvages et c'est grâce à elle que je peux aujourd'hui, presque sans rougir, dire que nous avons renversé et tué une personne dans la montagne de Hemsedal. Je reviendrai plus tard à cette Femme aux airelles sauvages, sois tranquille. Mais je voudrais d'abord reprendre mon récit dans l'ordre chronologique.

Où es-tu ? Tu es arrivé au bureau ?

Bien sûr. Et à peine m'étais-je connecté sur Outlook que j'ai reçu le premier message de la journée. De toi. Et je l'ai déjà lu et effacé.

Tu te souviens de plus de détails que moi. Le seul point d'exagération, à mon sens, est quand tu affirmes que déjà, à ce moment-là, nous avions la certitude d'avoir, non pas blessé, mais tué la personne. Pour moi, elle était peut-être grièvement blessée, ou avec un bras cassé, et elle avait dû être transportée à Hemsedal à bord de la camionnette blanche. Ce qui était déjà assez dramatique. Le fait de lire ton récit fait tout remonter à la surface et j'ai eu l'impression de tout revivre.

Tu as raison d'attendre pour parler de la Femme aux airelles sauvages. Nos interprétations à son sujet seront, sans aucun doute, assez divergentes. Mais tu le sais.

« Assez divergentes » ! Voilà un terme qui trahit bien que tu te trouves dans un centre de recherches scientifiques. Au fait, il ressemble à quoi ? Je veux dire, ton bureau…

Je suis assis dans un bureau exigu – à l'image de tous les autres bureaux de l'université de Blindern –, une pièce rectangulaire dans le bâtiment des mathématiques appelé aussi la Maison Niels-Fredrik-Abel, où les étagères, le sol et la table de travail croulent sous les dossiers, les documents et les revues scientifiques. Mais aujourd'hui, je prête à peine attention à cet environnement pour le moins prosaïque. Quand je lis sur l'écran ce que tu m'écris, j'ai l'impression d'être assis dans la même pièce – ou la même voiture – que toi et je t'écoute me parler. Alors, continue. Nous en étions à attendre le ferry au sud du Sognefjord.

Le soleil s'était levé, mais nous avons gardé les yeux bien fermés et nous avons poursuivi notre conversation à voix basse. Comme on s'était sentis en sécurité l'année précédente quand nous étions sur le haut plateau de Hardangervidda, lorsque nous vivions à l'âge de pierre ! Après ce que nous avions vécu cette nuit-là, ce sentiment de sécurité paraissait désormais révolu. Nous avons évoqué le bonheur de ces longues nuits où, couchés sur le dos devant la grotte, on contemplait la nuit étoilée. On avait l'impression de plonger dans les abîmes du monde, sur des distances infinies, oui, d'observer le miracle même de l'univers. Cela avait été presque douloureux d'être en contact si proche avec tant de têtes d'épingles scintillantes, toutes situées à des années-lumière de nous. Ces lumières exotiques, dont nous étions en quelque sorte les voisins optiques, avaient traversé l'espace pendant des milliers d'années avant d'atteindre nos sens et de s'éteindre là-bas. Les rayons de ces lointains corps célestes ont fait un très long voyage jusqu'à notre rétine, puis le voyage de ces rayons se poursuivait dans une autre dimension, une autre aventure, à travers le voile de notre appareil sensitif jusqu'à pénétrer dans les profondeurs de notre esprit. Un soir, la Lune était apparue, d'abord une fine faucille, avant de grandir, nuit après nuit, et d'illuminer de son éclat argenté tout le haut plateau de Hardangervidda et la voûte céleste. Nous avions vécu cette clarté lunaire comme un soulagement, parce qu'on pouvait à nouveau se regarder dans les yeux, même en pleine nuit. Cela reposait l'œil et l'âme de ne pas avoir à scruter l'espace comme les nuits précédentes.

Blottis dans la Coccinelle rouge, évoquant à voix basse l'âge de pierre et nos lointaines origines, nous avons gardé les yeux clos pour prolonger la nuit le plus longtemps possible, jusqu'à ce que la police ou l'équipage du ferry vienne nous réveiller. En entendant gronder au loin le moteur du bateau, nous avons compris que la nuit était terminée et, vite, nous avons encore mentionné la pluie d'étoiles filantes, le soir où nous avions tué l'agneau. Le spectacle était somptueux. Nous avions compté jusqu'à trente-trois étoiles filantes en l'espace de quelques minutes. Dans notre ébahissement, nous n'avons pas eu la présence d'esprit de formuler nos quatre-vingt-dix-neuf vœux qui auraient pu se réaliser… Il faut dire que nous venions de manger à notre faim – un bon gigot – et que nous avions des réserves pour les jours à venir. Et surtout, nous étions ensemble. Que souhaiter de plus ?

On a traversé le fjord. L'équipage du bateau a jeté un drôle de regard sur l'avant embouti de la voiture, avant d'avoir visiblement pitié de nous. Car il en est des dommages de carrosserie comme des blessures corporelles : on ne les voit que quand elles sont toutes récentes. Des témoins à charge, avons-nous pensé. Je crois qu'on l'a chuchoté entre nous. Déjà à cette époque-là, le programme de nuit de NRK diffusait un bref bulletin d'informations toutes les heures. Nous le savions. Mais était-ce ce qu'ils écoutaient dans la cabine de pilotage à cet instant précis ?

Mais on nous a fait signe que nous pouvions débarquer à Kaupanger et le voyage en voiture s'est poursuivi vers l'ouest en direction de Hella. De là, nous voulions prendre un autre bateau pour Fjærland, qui était le point de départ de la randonnée sur le glacier de Jostedal. Nous avions emporté *La Carte routière de la Norvège* et savions que si nous rations le premier ferry pour Fjærland, nous aurions une demi-journée d'attente à Hella. Mais la police est finalement venue nous interpeller entre Hermansverk et Leikanger. La cavale s'est donc arrêtée là.

Nous avons vu deux véhicules de police, l'un avec les gyrophares bleus allumés. J'ai pensé que nous étions bien naïfs de croire que nous allions passer entre les mailles du filet, il suffisait de regarder l'avant de la voiture pour comprendre qu'on avait eu un accident. Il faisait grand jour maintenant, la police avait dû être mise au courant depuis plusieurs heures. Tu avais beau t'être fabriqué un alibi astucieux avec le bloc de pierre près du ravin, c'est toi qui m'as tout de suite dit, en les voyant nous demander de nous ranger sur le côté :

– Allez, on se rend. On n'essaie pas de nier.

J'ai acquiescé, mais tu as continué à parler :

– Tu entends, on dira qu'on a paniqué, c'est tout.

Je me suis contentée de hocher la tête, j'étais si lasse et je m'en voulais tellement, Steinn. J'étais brisée. Tout ce que j'aimais et en quoi j'avais cru s'était effondré. Après ce qui s'était passé là-haut, je n'avais pas d'autre volonté que la tienne.

Mais il ne s'agissait que d'un contrôle technique. Ils ne nous ont même pas fait descendre de voiture, et tant mieux, car je crois que je ne tenais pas sur mes jambes. C'était tôt un lundi matin, ils ne nous ont pas fait souffler dans un alcootest, mais ils nous ont verbalisés. On avait dix jours pour faire remplacer les phares avant, date à laquelle on serait déjà rentrés à Oslo. Ils étaient gentils et aimables et précisèrent dans le procès-verbal que, malgré la clarté des nuits d'été, il nous était interdit de rouler de nuit tant que les phares ne seraient pas réparés.

Interdiction de rouler de nuit, Steinn. Difficile de faire appel d'une telle décision…

Nous sommes arrivés à Hella largement à temps pour le ferry. Comme Revsnes, Hella n'est qu'un nom pour un lieu qui existe à peine : à part le débarcadère, il n'y avait même pas un kiosque d'ouvert. J'étais pourtant de nouveau prise d'une envie irrésistible de chocolat. Nous avons donc parlé du problème des skis. Nous étions d'accord pour laisser la Coccinelle au parking. Nous n'avions pas intérêt à l'amener au dernier village du fjord où s'arrêtait la route, dans l'état où elle était. Mais que faire des skis ?

Je suis sûre que tu t'en souviens aussi bien que moi, mais il faut bien reprendre toute l'histoire. À cet instant, nous avons discuté posément et nous avons bien réfléchi.

Devions-nous faire demi-tour ? Sur le promontoire en granit, nous nous étions promis d'aller, quoi qu'il arrive, jusqu'au glacier comme c'était notre intention première. On se le devait l'un à l'autre. Il fallait maintenant trouver un endroit où dormir, une couette sous laquelle se blottir tous les deux. Il se passerait peut-être un ou deux jours avant qu'on vienne nous arrêter. Ce n'était qu'une question de temps – quelques jours tout au plus. Nous avions vu l'équipage du ferry observer avec attention notre carrosserie défoncée et nous avions eu droit à un contrôle de police dans les règles. Le reste n'était qu'une histoire de coordination et d'enquête, autrement dit, de temps. Ce matin-là, à Hella, nous avons dû admettre qu'il n'y aurait pas de randonnée à skis sur le glacier. Nous n'avions pas assez de sang-froid pour partir à l'aventure après les événements de la nuit. Nous devions lire les journaux et écouter la radio. On était sur nos gardes, comment pouvait-il en être autrement ? Nous avions entendu parler d'un très bel hôtel de légende, en bois, où nous pouvions loger. Nous aurions pu tout aussi bien laisser les skis à Hella. Mais non, on avait dû donner le signalement d'une Coccinelle rouge avec deux paires de skis sur le toit. Fin mai ! C'était trop risqué. Et comment se présenter là-haut à l'hôtel ? Le plus plausible était encore de passer pour des randonneurs de glacier.

En notre for intérieur nous pressentions comment tout ceci allait finir et que notre couple avait pris du plomb dans l'aile. Jusqu'ici, jamais nous n'avions eu de vraie dispute, et cela malgré mes crises d'angoisse et toi, ton penchant pour l'alcool. Jusqu'à l'instant où nous avons renversé la femme au châle rouge près d'Eldrevatnet... C'était la première fois, mais nous n'arrivions pas encore à renoncer l'un à l'autre. Demain peut-être, ou après-demain, mais pas aujourd'hui…

Il fallait que nous passions encore quelques heures, quelques journées ensemble, avant que tout soit fini pour toujours.

Ce fut une jolie balade en bateau sur le bras étroit du fjord. On arrivait juste au nord, au pied de l'immense glacier. La nature était si grandiose que cela provoqua chez nous une sorte de libération, de relâchement, comme une digue soudain rompue. Nous avons recommencé à plaisanter et à rire. Tu te rappelles ? On a joué à fond le rôle du couple libre et insouciant. Nous avons été des comédiens extraordinaires. Nous n'avions pas dormi, et cela nous a certainement aidés, l'essentiel étant que nous soyons francs vis-à-vis l'un de l'autre et libres – en tout cas, encore douze, vingt-quatre ou quarante-huit heures. On s'est sentis tout à coup dans la peau de Bonnie & Clyde. Nous avions toujours été un couple un peu à part, expérimental, c'était notre expression. À présent, nous étions devenus des hors-la-loi. On a accepté ce rôle, plus de trente ans après, avouons-le, avec une pointe de cynisme.

À l'hôtel, nous avons dit que nous resterions quelques jours, nous ne savions pas au juste combien, mais nous désirions nous balader sur le glacier. Ils avaient vu nos skis et nous leur avons menti en prétendant avoir suivi des cours et avoir déjà fait des randonnées sur des glaciers. Tu as vaguement parlé de celui de Svartisen…

En fait, nous voulions seulement avoir quelques jours pour nous seuls, toi et moi. Ce serait peut-être notre dernière escapade. Je crois même qu'on leur a dit qu'on était des jeunes mariés… C'était seulement quatre ans après la suppression du paragraphe interdisant le concubinage, qui avait fait couler beaucoup d'encre. Lors de notre première année de vie commune, n'importe qui aurait pu nous dénoncer à la police et notre relation, qualifiée d'immorale, serait tombée sous le coup de la loi.

Nous avons, en tout cas, demandé la plus belle chambre, prétextant que nous avions quelque chose de spécial à célébrer. Je crois que nous avons parlé de bons résultats d'examens, ce qui n'était pas tout à fait faux, car je venais de réussir ceux de deuxième année en histoire des religions et toi, tu avais cartonné en physique.

C'était avant la haute saison, on nous a donc donné sans problème la chambre de la tour, et Steinn, je ne sais pas si tu vas aimer que je le mentionne ici, mais c'est aussi la chambre que, par le plus grand des hasards, on nous a donnée, à Niels Petter et moi, quand nous sommes venus passer une nuit ici, cet été. C'était étrange d'être là – avec lui. Encore que ce n'est peut-être pas par hasard qu'on ait eu cette chambre. N'y vois pas la manifestation de prétendus pouvoirs occultes, mais c'est lui qui avait fait la réservation, et je suis mariée avec un homme aussi généreux qu'attentionné. Cela lui a causé beaucoup de peine que je n'arpente pas les stands du village du Livre avec lui – on s'était fait une joie d'essayer de retrouver les livres qu'on n'avait pas eu le temps de lire dans notre jeunesse – mais je crois t'avoir écrit qu'une fois sur le chemin du retour, sa mauvaise humeur s'est dissipée.

Quand on s'est trouvés, toi et moi, devant la réception de l'hôtel, ce matin-là, nous avons fait quelque chose, au fond d'assez courageux, mais nous n'avions pas le choix : nous avons voulu savoir s'il y avait un poste de radio dans la chambre. Comme la réponse était négative, nous avons demandé si nous pouvions emprunter un transistor. On était impatients d'entendre les informations. Nous avons dit que tu étudiais le droit et que tu avais besoin de suivre l'actualité, notamment ce qui se passait en Allemagne avec la bande de Baader-Meinhof, ai-je ajouté.

C'était quelques jours après le décès d'Ulrike Meinhof dans la prison de Stammheim. Je ne sais pas pourquoi j'ai dit ça. Ai-je senti que nous deux avions soudain quelque chose en commun avec Andreas Baader et Ulrike Meinhof? Tu m'as lancé un regard scandalisé.

Nous avons finalement eu le transistor et la chambre avec un balcon privatif en demi-lune, offrant une vue magnifique sur le glacier, le fjord et les deux boutiques en contrebas sur l'ancien débarcadère. Mais, une fois la porte refermée, on s'est tout de suite mis au lit avec la radio allumée. On n'a même pas regardé l'heure, car nous étions sûrs que ce modeste transistor à piles parlerait de nous. Avant de nous endormir, nous avons eu droit à un bulletin complet d'informations, il a été question de politique extérieure et intérieure : le Parlement avait accepté la proposition de loi d'abaisser l'âge légal du service militaire de vingt à dix-neuf ans, et le philosophe Martin Heidegger était mort. Mais rien sur le front de la montagne.

Ce manque de signaux avait commencé à nous inquiéter. De notre séminaire au champagne dans le grand lit à la maison, on avait gardé le souvenir du Raskolnikov de Dostoïevski, et, comme lui, on avait une certaine envie d'être découverts, ou du moins interpellés et interrogés. Mais on s'est endormis d'un coup, terrassés par la fatigue, sans même éteindre la radio, et on s'est réveillés seulement en fin d'après-midi.

Ce sont tes pleurs qui m'ont sortie du sommeil. Oui, maintenant c'était toi qui pleurais. J'ai posé un bras sur ta poitrine, je t'ai embrassé dans la nuque et je t'ai bercé.

Puis on s'est assis dans le lit en écoutant la radio. On a écouté attentivement pendant une demi-heure un bulletin complet d'informations. Mais rien. Il était dix-neuf heures et cela faisait presque une journée qu'avait eu lieu, dans la montagne de Hemsedal, un accident de voiture peut-être meurtrier où le conducteur, de sang-froid, avait pris la fuite, abandonnant la personne blessée ou morte, sans appeler les secours ni se présenter au commissariat. « Des renforts de police ont été dépêchés sur place dans l'espoir de retrouver… », mais non, rien de tel. Nous avions beau être dans une chambre d'hôtel au fin fond d'un bras du Sognefjord, nous savions pertinemment que nous avions laissé sur place et abandonné la femme au châle rouge, après l'avoir percutée par pure inadvertance, emportés par l'ivresse de notre propre bonheur. Nous avions bien retrouvé son châle. Oui, juste son châle. Le chauffeur de la camionnette blanche avait dû « faire le ménage » après nous. Mais n'avait-il pas aussi prévenu la police ?

Que se passait-il ? Pourquoi la radio n'en parlait-elle pas ? Pourquoi ce silence ? Il devait bien y avoir une raison. Mais laquelle ? Pourquoi les autorités étouffaient-elles l'affaire ? Que faisait la femme vêtue de gris là-haut dans la montagne en pleine nuit ? Et pourquoi à cet endroit précis ? Y avait-il la moindre implication militaire ou d'espionnage ? Étions-nous tombés, sans le savoir, sur des secrets ayant trait à la sécurité de l'État ?

De nous deux, c'est moi qui avais le plus d'imagination. Comment être sûrs que la femme que nous avions fauchée était une personne ordinaire ? ai-je demandé. La radio ne parlait pas d'une éventuelle recherche des coupables. La police ne lançait pas d'appel à témoin. Et si elle était une étrangère, une visiteuse venue d'une lointaine galaxie ? Il faut dire qu'il y avait une lumière toute particulière sur la montagne, cette nuit-là. J'aurais aimé que tu m'expliques ce phénomène. Une lumière si brillante dans le ciel…

La voiture était restée à Hella. Et si on se livrait ? On pouvait aussi passer un coup de fil anonyme pour dire qu'une Coccinelle emboutie avait été abandonnée près du débarcadère, ainsi notre attente insupportable prendrait fin. La voiture était sans doute désignée dans les registres de la police comme véhicule suspect n° 1.

Mais de nouveau, après ce tumulte de questions et de tentatives de réponses, la froide raison l'a emporté. C'est moi, la première qui ai dit :

– Écoute, Steinn, ça fait cinq ans qu'on vit ensemble. Et on a eu la malchance de se comporter comme des idiots, car c'était vraiment stupide de continuer à rouler après le choc. Mais qu'elle ait été blessée ou tuée, on ne peut, de toute façon, plus rien faire pour elle maintenant. Est-ce qu'on ne pourrait pas essayer de vivre pleinement ces dernières journées de la manière la plus belle qui soit ? Pense à Sirius, à Andromède !

Tu as tout de suite compris l'allusion.

Je t'ai supplié, au nom de notre couple, et tu n'as pas opposé de résistance. Nous avons alors vécu, en sursis, des journées merveilleuses. On a pris une douche et, une demi-heure plus tard, nous sommes descendus dans le salon avec la cheminée – une vraie salle de musée – pour prendre l'apéritif. Ils n'avaient pas de Golden Power. Mais ils avaient de la Smirnoff avec du citron vert.

Après le dîner, on s'est attardés devant le feu de la cheminée, sirotant notre café, mais à partir de ce jour et pendant toute la semaine, nous avions la grille des programmes de radio dans la tête, et nous remontions dans la chambre pour avoir les nouvelles de vingt-deux heures. Mais toujours rien.

Je ne rentrerai pas dans les détails de cette semaine-là, parce que tu dois t'en rappeler, je pense, nous en avons d'ailleurs reparlé quand on s'est revus là-bas. Chaque jour, on faisait de grandes balades. Le premier jour, nous avons grimpé, péniblement, pour atteindre Supphelledalen et le bas du glacier. Te souviens-tu, Steinn, de ce que nous avons trouvé dans la mousse près de la rivière ? Nous venions de manger un gâteau au chocolat et d'acheter des moufles tricotées main dans le chalet chaleureux de Hjørdis, à la lisière du glacier de Supphelle. Et dès le lendemain, nous avons emprunté des vélos, pour aller à Horpedalen et à Bøyadalen. Dans cette dernière vallée, nous avons passé quelques heures à admirer la moraine du dix-huitième siècle et voir les crevasses toujours plus nombreuses du glacier.

Lors de toutes ces randonnées, nous emportions toujours le transistor que nous avions emprunté. Un jour que nous passions devant la réception, une femme nommée Laila l'a montré du doigt et nous a demandé avec une pointe d'ironie : « Baader-Meinhof ? »

On a fait semblant de n'avoir rien entendu. Mais toujours aucune nouvelle. Personne ne s'intéressait à ce que Bonnie & Clyde avaient fait pendant leur voyage à travers le pays. Chaque journée était un répit supplémentaire. Chaque heure de plus, un cadeau. Comment aurions-nous pu nous projeter au-delà ?

Nous discutions, formulions mille hypothèses. Et si c'était la destinée de cette femme de mourir renversée par un véhicule ? Dans ce cas, notre culpabilité serait un peu moindre. Du coup, c'est tout juste si on ne se sentait pas instrumentalisés. Peut-être avait-elle été poussée sur la route au moment précis où nous arrivions à sa hauteur ? En effet, il faisait clair cette nuit-là, et pourtant nous n'avions rien vu avant que quelque chose de rouge ne surgisse juste devant la voiture. En revenant sur les lieux, nous n'avions vu personne tapi dans les buissons. À moins qu'elle ne fût déjà morte avant d'être heurtée par la voiture ? Qui sait ? Mais oui, pourquoi pas ? Nous avions seulement vu « une chose rouge devant le capot de la voiture » (c'est une expression que nous avons beaucoup utilisée par la suite), nous n'avions pas vu la femme, peut-être n'était-ce que son châle flottant au vent. C'était ça ! Quelqu'un l'avait déjà tuée et s'était arrangé pour maquiller son crime en accident de la circulation. Elle était peut-être déjà couchée sur le bord de la route, et sans la couleur rouge vif de son châle, nous n'aurions rien vu du tout. Cela dit, le choc avait quand même été assez violent pour briser un phare avant…

Pour sûr, c'était une étrangère ! C'est pour cela que personne n'avait signalé sa disparition ! N'avions-nous pas aperçu un camion étranger – tout à coup, on était persuadés qu'il venait d'Allemagne – un peu plus bas à Hemsedal juste avant que tu… que tu ne t'engages sur le chemin forestier, Steinn.

Est-ce que le conducteur du camion l'avait ramassée ? À moins que la camionnette blanche et le camion ne fussent de mèche ? Tous ces événements s'étaient déroulés en pleine nuit et il est des rencontres qui ne se font que de nuit…

Nous avons commencé à imaginer toutes sortes de scénarios : le camion allemand arrivait de la frontière suédoise et une femme autour de la cinquantaine – porteuse peut-être d'un message – passait par la montagne pour rejoindre une camionnette arrivant en sens inverse, de la côte ouest. Mais on avait beau se torturer les méninges, on restait dans un flou total…

Au fait, tu es là ?

Oui, et je trouve que tu as mis du temps à me répondre. À part attendre tes messages, je n'ai pas fait grand-chose aujourd'hui. J'ai tourné en rond comme un animal en cage et j'ai tendu l'oreille pour entendre un son venant de toi – je veux dire, de mon ordinateur. Mon bureau doit faire dans les neuf mètres carrés. Mais j'ai fini par me détendre et j'ai profité de ce temps libre pour ranger une montagne de documents et de rapports qui encombraient mon bureau – le genre de tri auquel on s'attaque seulement tous les cinq ans. J'ai de nouveau la bougeotte. Mais raconte la suite, et surtout ne te sens pas obligée, à cause de mon impatience, d'être plus concise ou plus rapide.

Ces « derniers jours » avant d'être rattrapés par la justice semblaient ne pas vouloir prendre fin. Ce fut une semaine idyllique, précisément parce que nous ne savions pas combien de temps ce bonheur allait durer et vivions donc dans un état de tension extrême. Nous étions reconnaissants pour cette « semaine de grâce », comme l'un de nous l'a exprimé vers la fin, mais nous attendions avec une certaine nervosité de voir comment réagirait la presse de la côte ouest à l'escapade meurtrière de Bonnie & Clyde. Que diraient les journaux ? Quels seraient les gros titres ? Pas une seconde, nous imaginions passer à travers les mailles du filet. Je crois même que nous aurions été épouvantés, si l'on nous avait dit qu'il nous faudrait vivre avec cette culpabilité le restant de nos jours, sans que rien ne soit jamais élucidé. Le plus insupportable dans l'histoire, c'était de demeurer dans l'ignorance. Une semaine venait presque de s'écouler et les journaux ne mentionnaient toujours pas le moindre accident survenu sur un col de montagne où une femme avait été lâchement abandonnée sur place, en pleine nuit, sur les hauteurs de Hemsedal.

Mais qui était cette femme, Steinn ?!!

Pour justifier de ne pas être montés sur le glacier, tu as prétexté que je n'étais pas vraiment en forme et j'ai docilement hoché la tête, quand tu as évoqué mes migraines. Après un délit de fuite, mentir nous a paru facile. Il fallait attendre que j'aille mieux. On leur a fait croire que j'avais mes règles, ce qui n'était pas le cas. Tu dois trouver bizarre que je reparle de cela aujourd'hui, mais chaque journée a été un véritable éblouissement et, pas une seule fois, je n'ai été prise de maux de tête. Aussi j'avais trouvé un peu gonflé de ta part, alors même que nous partagions tout, de rejeter la faute uniquement sur moi !

Un jour, la propriétaire de l'hôtel, une femme tout à fait charmante, nous a demandé, en plaisantant à moitié, si nous étions en cavale et si on se planquait. Te souviens-tu de ce que nous lui avons répondu ? Nous avons fait les intéressants et dit qu'on avait fui tout ce qui ressemblait à des obligations. Nous avions envie de laisser derrière nous tout ce qui était corvée et stress. Elle nous a jeté un regard dubitatif en nous examinant de la tête aux pieds. Cela nous a fait perdre notre belle assurance et tu t'es défendu en rétorquant :

– Mais cet hôtel est bien un lieu de vacances, non ?

Cet échange a eu lieu alors qu'on allait prendre le petit déjeuner. Nous avons alors décidé que le moment était venu de lever le camp. Pas tant à cause des questions embarrassantes, mais parce que nous avions envie de retourner sur les lieux. On dit souvent que le coupable revient sur les lieux de son crime, et nous avions une bonne raison de le faire. Il fallait qu'on vérifie s'il ne restait pas des traces qu'on aurait ignorées. Est-ce que le châle rouge vif serait encore là ?

Un autre élément a aussi précipité notre départ. Je m'étais réveillée avant toi, ce matin-là et, en te levant, tu m'as vue allongée sur la vieille méridienne, plongée dans *Le Livre des esprits* que j'avais trouvé dans la salle de billard. Nous avions commencé à en lire des extraits à haute voix la veille au soir et tu avais qualifié cet ouvrage de « livre de révélations spiritistes ». Cela t'a contrarié et c'est tout juste si tu ne t'es pas fâché, au point que je me suis demandé si notre départ précipité n'était pas aussi un moyen pour toi de me détacher de cette nouvelle lecture. Il fallait remettre le livre à sa place sur l'étagère, mais, à ton insu, je l'ai glissé dans mon sac à dos et je ne l'ai sorti qu'à notre retour à Oslo.

Mais au moment où nous traversions le salon pour aller sur la terrasse admirer une dernière fois le fjord et les hêtres pourpres avant de remonter dans la chambre pour faire nos sacs, la propriétaire nous a demandé si nous pouvions différer notre départ d'une demi-heure ce matin-là pour garder ses trois petites filles, le temps d'aller à la banque. Oui, curieusement, il y avait une filiale de la Vestlandsbank dans cette modeste bourgade au fond du fjord ! Nous avons accepté spontanément, les fillettes étaient adorables et nous avions eu le temps de faire leur connaissance. La plus jeune n'avait que deux ans. (Il faut dire que, depuis quelques mois, je commençais à envisager très sérieusement d'arrêter la pilule.) Nous étions touchés par cette marque de confiance, car qui aurait demandé à Bonnie & Clyde de jouer les baby-sitters ? Je ne sais plus au juste, mais je crois finalement que nous avons gardé les fillettes toute la matinée et nous avons dit que c'était la moindre des choses que nous pussions faire pour remercier l'hôtel de nous avoir prêté le transistor et les vélos. En réalité, nous avions déjà laissé une petite fortune en séjournant ici aussi longtemps. Nous étions de bons clients car nous ne lésinions ni sur le vin au dîner ni sur le digestif avec le café. C'est vrai, Steinn, ils avaient du calvados ! À cette époque, c'était quelque chose de rare, en tout cas dans ce genre de petits hôtels en dehors des grandes villes. Après notre escapade en Normandie, nous avions un faible pour le calva.

Ainsi, nous sommes restés un jour de plus à l'hôtel. Libérés à midi, nous avons profité d'un dernier après-midi. Nous avions écumé les moindres recoins de cette bourgade, grimpé sur quelques sommets – ce qu'attestaient nos genoux le lendemain de l'escalade –, mais, curieusement, nous n'étions pas encore allés au Fjellstølen, situé plus haut dans la vallée juste derrière l'hôtel. C'était le dernier endroit qu'il nous restait à voir. Si la voiture n'avait pas bougé de Hella – autrement dit, si la police ne l'avait pas embarquée pour l'examiner –, nous allions bientôt rentrer à la maison, ou du moins rouler aussi loin que possible dans la direction de l'est. Mais d'ici là, nous tenions à faire cette dernière balade, celle du Fjelstølen. Il n'avait quasiment pas plu depuis notre arrivée et ce jour-là le temps était radieux.

Après avoir préparé des sandwiches et un thermos de thé, nous avons commencé à grimper à partir de la vallée de Mundalsdalen, là où nous sommes retournés il y a quelques semaines. Je suis sûre que tu te rappelles parfaitement les deux excursions, mais je te décris quand même notre première randonnée pour t'obliger à la revivre avec moi.

Après avoir dépassé la dernière ferme en laissant la grange rouge à gauche du chemin et le champ de tir à droite, nous avons longé un bon moment la rivière Mundal sur notre gauche et nous sommes arrivés au Heimestølen. Nous avons dû sautiller sur le sentier de gravillons pour détacher toutes les crottes de mouton et les bouses de vache restées collées à nos semelles (eh oui, c'était le printemps et on venait de laisser sortir tous les animaux !)

On a pris du bon temps. Une semaine venait de s'écouler et nous ignorions tout de l'avenir. Peut-être ne serions-nous pas inquiétés pour ce qui s'était passé dans la montagne de Hemsedal ? Mais nous savions pertinemment que nous étions marqués à vie et que ces souvenirs obsédants nous empêchaient désormais de vivre ensemble. Nous avons continué à plaisanter et à rire, mais le cœur n'y était pas. C'était notre dernière journée au paradis, dans ce « nid d'amour » comme nous disions, bien que ce lieu n'eût d'autre érotisme que celui de nos ébats pendant une semaine.

Pendant la montée, tu voulais tout le temps me toucher. À un moment, tu as voulu aller plus loin et tu me l'as fait comprendre :

– Regarde, on a toute la vallée pour nous, me suppliais-tu, on peut facilement se cacher dans l'aulnaie, il fait si chaud...

Je t'ai répondu d'un ton ferme qu'on allait d'abord atteindre le Fjellstølen.

– On verra alors ce qui te restera de virilité, t'ai-je dit.

Je me souviens parfaitement de cette réplique, car elle t'a vexé. Et puis un événement inattendu t'a fait perdre tous tes moyens et tu n'as plus été capable de me faire l'amour. Ni les jours, ni les semaines qui ont suivi. La vérité, c'est que nous n'avons plus jamais été ensemble après cela.

Car soudain, à une centaine de mètres du Heimestølen, est apparu un massif de digitales pourpres dans le fossé, sur notre gauche. *Digitalis purpurea.* Des fleurs droites, d'une belle couleur rouge vif. Je sais qu'on peut en mourir si on en mange, mais je sais aussi que les feuilles des digitales pourpres peuvent sauver la vie à un homme. Ces fleurs en forme de clochettes ont un côté très attirant. Je me suis dégagée de tes bras et je me suis approchée d'elles en courant.

– Viens ! t'ai-je lancé.

Tu m'as rejointe, puis nous avons pris sur la droite, là où les bouleaux forment un bois en pente douce jusqu'au sentier. On apercevait une clairière entre les troncs noir et blanc, une étendue de mousse vert clair, et là se tenait une femme vêtue de gris, avec un châle rouge autour des épaules, le même rouge que les digitales ! Ce détail n'a cessé de me hanter au fil des ans.

Elle nous a regardés attentivement et nous a souri. Mais c'était la femme que nous avions cru renverser dans la montagne de Hemsedal, Steinn ! On aurait dit qu'une main venue d'en haut l'avait transportée ici, rien que pour nous. Aujourd'hui, j'en sais davantage sur ce qu'elle était et d'où elle venait. Mais patience !

Nous avons convenu après qu'il s'agissait bien de la femme que nous avions vue marcher à quelques mètres de la route nationale, à Hemsedal, une semaine auparavant. Elle portait le même châle, celui-là même que nous avions retrouvé là-haut près du lac de montagne, et elle avait la même silhouette. Nous étions d'accord pour dire que nous avions vu la même chose. Par contre, fait étrange, nous n'avions pas entendu les mêmes paroles ! J'ai aujourd'hui une explication plausible pour cela.

Car qu'a-t-elle dit ? Je me rappelle parfaitement qu'elle s'est tournée vers moi et m'a dit :

– *Tu es celle que j'étais, et je suis celle que tu seras.*

Mais toi, tu as affirmé, avec insistance, qu'elle aurait dit autre chose. Bizarre, non ? Tu n'as pas voulu en démordre et tu m'as répété ce qu'elle t'aurait dit, en se tournant vers toi :

– *Tu aurais dû avoir une amende pour excès de vitesse, mon garçon.*

On voit mal comment confondre deux phrases aussi dissemblables sur le plan phonétique. D'ailleurs elles n'ont rien en commun, ni sur la forme ni sur le fond. Mais si nous avions chacun entendu une phrase qui nous était adressée en propre, pourquoi un double message ? Et comment a-t-elle réussi un tel exploit ? Encore une énigme…

Aujourd'hui, je suis sûre que cette femme au châle rouge était celle que nous avions fauchée qui nous rendait visite de l'au-delà. Pour nous consoler ! Elle souriait, je n'irais pas jusqu'à dire que c'était un sourire chaleureux – car les termes de « chaud » et de « froid » font référence à quelque chose de charnel qui n'a pas cours dans son monde –, mais en tout cas, ce n'était pas un sourire hostile. Il avait quelque chose de ludique et de facétieux. Voire d'attirant, Steinn.

– Viens, viens, viens ! semblait-il dire. La mort n'existe pas. Alors viens, viens, viens !

Puis l'image s'est dissipée et la femme a disparu.

Tu t'es agenouillé sur le chemin, tu as enfoui ton visage dans tes mains et tu as pleuré. Tu n'as pas voulu me regarder dans les yeux, mais moi je t'ai enveloppé de mon corps et je t'ai bercé.

– Steinn, t'ai-je dit, elle est partie maintenant.

Mais tu as sangloté de plus belle. En réalité, je n'en menais pas large, car à cette époque je ne croyais pas en grand-chose, mais cela m'a aidée d'avoir à m'occuper de toi comme d'un enfant.

Tout à coup, tu as bondi et tu as redescendu la vallée comme si tu avais le diable aux trousses. On aurait dit que c'était une question de vie ou de mort, et je t'ai couru après. Je ne voulais pas que tu me laisses toute seule. J'ai fini par te rattraper et nous avons essayé de mettre des mots sur ce que nous venions de vivre. Nous étions tous deux bouleversés.

Nos positions n'étaient pas encore claires. On s'est interrogés, on a élaboré des hypothèses, pesé le pour et le contre. Si nous étions d'accord pour dire qu'il s'agissait de la même femme, nos conclusions, en revanche, différaient du tout au tout : pour moi, le doute n'était plus permis, la femme avait été tuée, alors que pour toi elle avait survécu, et s'en était même fort bien tirée.

– Comment a-t-elle fait pour retrouver notre trace ? as-tu demandé, effrayé.

Tu avais peur qu'elle ne soit encore sur nos talons. Tu as aussi craint qu'elle n'ait réservé une chambre à l'hôtel et qu'on la retrouve au dîner. Tes préoccupations n'étaient que d'ordre matérialiste, alors que je commençais à entrevoir une autre explication à tout cela. Pour ma part, je ne redoutais pas une seconde de la voir à l'hôtel avec nous.

– Elle est morte, Steinn, t'ai-je dit.

Tu m'as regardée, m'a considérée longuement.

– Elle ne nous court pas après, mais elle vient vers nous. De l'au-delà, Steinn.

Tu m'as regardée fixement, mais il n'y avait pas de force dans ton regard. Rien que de l'impuissance.

Oui, c'était de l'impuissance. Car j'ai senti que nous nous détachions l'un de l'autre, chacun allant dans une direction opposée. Je n'arrivais pas à croire – et je continue à ne pas y croire – que des morts puissent nous rendre visite ni qu'ils existent quelque part. Toi, tu le crois et, aujourd'hui, je respecte tes idées. Ma position a donc un peu évolué pendant ces trente années. Mais à cette époque-là, tout ceci me paraissait impensable.

Mais reprends ton récit. Je trouve que tu es fidèle à ce qu'a été notre histoire.

Après avoir tourné en rond dans neuf mètres carrés durant presque toute la matinée, je ne tiens vraiment plus en place. Il faut absolument que je trouve quelque chose à faire. Il est midi et j'ai pris une décision.

Écris les derniers chapitres maintenant. J'en devine la nature, car nous en avons parlé sous toutes les coutures avant que tu ne rompes et repartes à Bergen. Promis, je te répondrai avant la fin de la journée.

Une fois arrivés au Fjellstølen, nous avons décidé d'un commun accord de ne pas chercher à trop interpréter ce qui nous arrivait. Une longue journée en voiture nous attendait, avec un col de montagne entre le département de Sogn et Fjordane et celui de Buskerud. Mais comment ne pas en parler ?

Nous deux accroupis près des digitales, en train de toucher les clochettes rouges. Ta caresse sur mes cheveux. Un bruit qui a fait qu'on s'est soudain retournés. La silhouette d'une femme entre les troncs de bouleaux, un châle rouge autour des épaules, semblable à la « Femme aux airelles sauvages » qu'on trouve dans les contes populaires. Une appellation rhétorique qui nous a aidés, toi et moi – une planche de salut verbale pour deux âmes en détresse.

C'était au milieu des années soixante-dix, quelques jours après qu'Ulrike Meinhof avait été retrouvée morte dans sa cellule de Stammheim ; c'était l'année où paraissaient en Norvège des romans tels que *Jenny s'est fait virer*, *Tiens bon*, *La Croix de fer*, *La Campagne militaire* ou *Graffitis*. Mais des voix s'élevaient aussi pour annoncer qu'on était à un tournant, au seuil de « l'ère du Verseau ».

Dans les jours qui ont suivi, nous avons donc reparlé de la Femme aux airelles, et, plus de trente ans après, nous en reparlons encore. De ton point de vue matérialiste, tu as lancé une théorie amusante :

– Imagine que ce soit un film ou un roman policier !

J'avais hâte d'entendre la suite et tu as dit :

– Peut-être que celle qu'on a rencontrée dans la forêt de bouleaux était une jumelle de l'autre...

N'importe quoi ! Tant que t'y es, Jésus a pu marcher sur l'eau parce que le lac de Génésareth était gelé !

En repassant devant le lieu de l'apparition, on s'est tenu la main et on ne s'est pas attardés, aussi effrayés l'un que l'autre. Tu as réussi à ne pas te mettre à courir mais, en échange, tu as tellement martyrisé les pauvres articulations de mes mains qu'elles m'ont fait souffrir quelques jours. Je me souviens du vin que nous avons bu au dîner, nous en avions besoin, une bouteille ne nous a pas suffi. Nous avons commandé une demi-bouteille de plus, mais je me souviens aussi d'avoir eu du mal à tenir mon verre, tant tu m'avais serré fort la main.

Et comment oublier cette nuit, Steinn ? Cette fois, c'est moi qui avais envie de toi. Je n'y suis pas allée par quatre chemins. C'était, je le savais, ma dernière chance. Si j'échouais maintenant, c'en serait terminé de notre histoire. J'ai donc essayé, dans les règles de l'art, de t'attirer vers moi. Mes caresses auraient dû suffire à te transporter de désir. Mais tu es resté parfaitement insensible à mes charmes. Tu t'en es voulu, tu n'as pas compris ce qu'il t'arrivait, tu pensais sans doute, comme moi, trop à l'avenir, et puis tu avais bu pas mal. Après le dîner et le calvados rituel, nous avions emporté une bouteille de vin blanc dans la chambre et je n'y avais pas touché. Tu te souviens comment ça s'est terminé ?

Nous avons fini par nous endormir tête-bêche dans le lit. À un moment, j'ai voulu te caresser la joue du bout des orteils, mais tu as repoussé mon pied, pas durement ou violemment, mais d'un geste résolu. Aucun de nous n'a fermé l'œil pendant plusieurs heures. On faisait semblant tout en sachant que l'autre ne dormait pas, jusqu'à ce que la fatigue prît le dessus. En tout cas, tu as fini par t'endormir, ce qui n'a rien d'étonnant avec tout l'alcool que tu avais bu.

J'ai amèrement regretté de ne pas t'avoir cédé là-haut parmi les aulnes, avant notre rencontre avec la Femme aux airelles. Désormais nos routes allaient se séparer et tu me manquais déjà.

Le manque que l'on ressent quand on partage le même lit avec la personne aimée peut s'avérer parfois plus intense que si l'on était chacun séparé par un continent.

L'aventure était terminée. Nous avons échangé des propos amicaux lors de la traversée du fjord. Nous avons mangé des *Vestlandslefse* et bu du café. Avec nos skis et nos sacs à dos, nous avons débarqué du ferry *M/F Nesøy* à Hella, et la voiture n'avait pas bougé de place. Elle avait l'air un peu perdue, comme si on lui avait manqué. « Pauvres phares, pauvre pare-chocs », ai-je pensé et je crois l'avoir dit tout haut. Toi aussi, tu as sorti une réplique d'un humour macabre. Pour ne pas être en reste. Puis on a pris la route du retour.

Qu'allions-nous trouver là-haut dans la montagne ? Qu'avions-nous omis de voir la dernière fois ? Avions-nous seulement cherché des traces de sang ou de peau ? Ou des cheveux ?

Mais nous avons aussi parlé d'autres sujets, et, compte tenu des circonstances, on peut dire que le trajet du retour fut plus agréable que prévu. Était-ce parce que nous sentions, tous deux, que ce serait notre dernière escapade en voiture ensemble ? Nous avions commencé à témoigner l'un envers l'autre d'une sorte de sollicitude post-symbiotique. Dorénavant, plus question d'arrêter la voiture pour nous enlacer tendrement. On se comportait en bons amis, polis et attentionnés.

Il fallait passer de l'autre côté du fjord, arriver à Lærdal, à la rivière et à l'église en bois. Je me suis un peu effondrée à l'approche du fameux virage près du ravin, où j'avais cru, une semaine plus tôt, que tu voulais me tuer ou bien te suicider. Tu as ôté ta main droite du volant et tu as passé ton bras autour de mes épaules. Cela m'a fait chaud au cœur. Puis on s'est retrouvés dans la haute montagne.

Et moi, je roule dans l'autre sens. Je suis à Gol, j'ai réussi à me connecter dans une zone Wi-Fi à l'hôtel Pers. Je viens de lire ton dernier mail et je te réponds d'ici.

Je crois qu'on me regarde un peu de travers, car je ne suis pas client de l'hôtel. Je m'attends à tout moment qu'on vienne me demander de partir. Autrefois, il nous arrivait d'entrer dans un hôtel pour aller en douce aux toilettes. De nos jours, c'est pour se connecter sur Internet.

J'avais besoin de refaire ce même trajet dans la montagne. Mais achève d'abord ton récit. Tu as quatre ou cinq heures devant toi avant que je puisse me connecter de nouveau. Je serai alors arrivé à l'hôtel qui est ma destination pour aujourd'hui. J'ai prévenu de mon arrivée, mais comme c'est bientôt la fin de la saison, je serai sans doute le seul client pour cette nuit.

Est-ce que tu vas à Fjærland, Steinn ? Dans ce cas, on pourra se faire coucou de la main à Hemsedal ! Il y a forcément un endroit où on se croisera et alors il n'y aura plus qu'un mètre – et une vie d'homme – entre nous…

Nous avons donc aperçu la surface brillante et froide d'Eldrevatnet et, de nouveau, j'ai vu tes mains trembler sur le volant et ton pied hésiter sur l'accélérateur. Enfin, nous y étions. Tu as rangé la voiture sur le côté et nous sommes sortis de la Coccinelle rouge. Nos sentiments l'un pour l'autre avaient beau être intacts, le chagrin, le remords et l'amertume après ce qui s'était passé avaient eu raison du lien érotique qui nous unissait. Tu as craqué et tu t'es mis à jurer et à crier des mots très vulgaires. Je ne te connaissais pas ce vocabulaire-là et j'ai fondu en larmes.

Le châle rouge avait disparu. Nous l'avons cherché dans un grand périmètre, mais malgré sa couleur repérable, il n'était nulle part. Quelqu'un l'aurait-il ramassé ? Ou le vent l'aurait-il emporté au loin ?

Soulagement ou déception ? Nous avons encore trouvé d'autres débris de verre du phare avant. Nous n'avions donc pas rêvé. Nous avions bel et bien renversé et tué quelqu'un ici, à cause d'une vitesse excessive. Mais nous n'avons pas relevé d'autres traces du drame qui s'était déroulé ici. Pas de sang. Pas de grosse pierre ni de motte de terre que la voiture aurait pu heurter.

On a donc repris la route, tu as fait un petit commentaire sur la colline en forme de pain de sucre au bout du lac, comme si cela avait le moindre rapport avec ce mystère.

En redescendant de Hemsedal, nous sommes repassés devant l'endroit où nous avions bifurqué pour notre partie de jambes en l'air. Comme tout cela paraissait loin à présent !

Et là, nous avons scellé un pacte : jusqu'à Kringsjå, nous pouvions encore évoquer ce qui était arrivé, mais une fois à la maison, nous ne devions plus jamais en parler. Ni entre nous ni avec d'autres. Et, une fois à Oslo, nous avons respecté cet engagement. Avec ces mails, c'est moi qui ai rompu ce vieux pacte, mais je ne crains pas que cela attire d'autres malheurs sur nous. Bien au contraire. C'est même pour cette raison que j'écris.

Le châle rouge n'était plus dans la montagne, cela aurait été d'ailleurs surprenant, après tout ce temps, mais nous avions pu nous en assurer *de visu*. En mon for intérieur, j'étais un peu déçue car si nous l'avions retrouvé – même mis en lambeaux par des animaux –, cela aurait été une preuve que celle que nous avions rencontrée dans le bois de bouleaux n'était pas un être de chair et de sang, mais un esprit, une apparition. Ou alors, il aurait fallu qu'il y eût deux châles identiques, l'un appartenant à la femme renversée et l'autre toujours sur les épaules de la Femme aux airelles sauvages.

Comme les journaux ne soufflaient mot de l'accident, nous avons fini par accepter l'idée que le chauffeur de la camionnette blanche avait dû s'occuper de l'inconnue. Restait à savoir dans quel état nous l'avions laissée, et, sur ce point, nos avis divergeaient. Pour toi, le fait de l'avoir revue dans la forêt de bouleaux était la preuve qu'elle s'en était pas trop mal sortie, alors que pour moi c'était tout le contraire : elle avait succombé à ses blessures et elle était la preuve, Steinn, qu'il y avait quelque chose dans l'au-delà ! Tu pensais qu'elle s'était tout bonnement relevée après le choc et qu'elle avait été prise en stop par la camionnette blanche – tu étais en effet convaincu qu'elle devait redescendre à Hemsedal et qu'il existait un rapport entre elle et le camion étranger. C'était plausible et cela pouvait expliquer le silence des journaux quant à un accident de la circulation survenu cette nuit d'été, mais moi je pensais qu'elle était grièvement blessée, ou déjà morte, et qu'elle avait été emportée par la camionnette blanche. Mais, de manière paradoxale, nous étions d'accord sur un point : tous deux nous étions persuadés qu'une semaine après l'accident la femme au châle allait bien, mais dans ce monde-ci pour toi et dans l'autre monde pour moi.

Nous avons discuté de l'heure de l'accident. Si nous l'avions seulement effleurée, peut-être s'était-elle remise à marcher, as-tu hasardé ? Quelle raison le chauffeur de la camionnette aurait-il eu de prévenir la police s'il avait simplement aperçu une quinquagénaire descendre de la montagne le long de la nationale 52 ?

Mais, ai-je objecté, nous ne l'avions pas vue du tout. Elle s'était comme volatilisée. Si nous l'avions seulement effleurée, elle aurait été si en colère qu'elle aurait informé la police qu'elle avait failli être tuée par une Volkswagen rouge type Coccinelle, avec des skis sur le toit.

Tu m'as écoutée, en tenant le volant plus fermement qu'à l'aller, mais tu as secoué la tête et poursuivi ton raisonnement : pour une quelconque raison, elle n'avait pas tenu à mettre la police au courant. Car que pouvait-elle bien faire là-haut en pleine nuit ? Ce n'était pas une heure pour se promener aussi loin du premier chalet ou du premier hameau. Pour marcher dans la montagne dans la nuit à cette époque de l'année, il faut soit avoir une affaire pressante, soit être en fuite !

Je t'ai écouté à mon tour et t'ai demandé quelles pourraient être, dans une telle hypothèse, les raisons de cette fuite.

Tu as continué encore à rouler quatre ou cinq minutes avant de répondre. Le ton de notre conversation n'était plus celui de deux amoureux. Nous avions cessé de parler de tout et de n'importe quoi, nous avions cessé de rire. Si nous restions bienveillants et attentifs à l'autre, nous étions incapables de formuler un projet commun en tant que couple.

J'ai donc répété ma question :

– Si cette femme essayait de fuir, elle fuyait qui ou quoi ?

Ta réponse a été :

– Le chauffeur du camion sur le parking.

Selon toi, il se serait produit un incident à la suite duquel elle était partie dans la montagne. Elle devait connaître les lieux, car ce n'est pas vraiment un exploit de passer ce col à pied. Les deux vallées encaissées à l'est et à l'ouest sont relativement proches – on pourrait dire dos à dos, puisque seul le lac d'Eldrevatnet les sépare.

Tu m'as regardée, comme si tu avais besoin de mon aide pour continuer sur ta lancée, et tu as dit :

– Qui sait si cette femme n'était pas elle-même en fuite après avoir commis un délit, voire un meurtre ? Elle aurait fort bien pu tuer un homme qui l'aurait maltraitée pendant des années et qui gisait, mort, dans la cabine du camion. Dans pareil cas, on a mieux à faire que d'aller trouver la police.

Ton inventivité m'a tellement impressionnée que je me suis retenue d'éclater de rire. Mais tu t'en es aperçu et tu m'as aussitôt dit :

– Non, oublie ce que je viens de dire !

Nouvelle version : c'était elle qui conduisait le camion. On n'avait vu aucun chauffeur dans la cabine quand on l'avait dépassé. Par contre, on avait croisé cette femme, quelques minutes après. Comme la nuit était fraîche, elle avait jeté un châle autour de ses épaules, mais avait détourné son visage pour ne pas être reconnue. Sans doute parce qu'elle avait convenu avec le chauffeur de la camionnette blanche de se rencontrer en dehors de la grand-route. Ils avaient dû se donner rendez-vous près de la ligne de partage des eaux, pour effectuer une livraison particulière. Quelques kilos de poudre blanche peut-être, quelques billets ou, pourquoi pas, des billets en échange de la poudre ? À moins qu'ils n'aient attendu une livraison plus importante, lâchée d'un avion ? Dans ce genre de situation, on évitait de parler aux paysans et, *a fortiori*, à la police. Par contre, après avoir valsé dans le fossé, on peut avoir envie de se venger, et, à force de chercher, on peut très bien retrouver la Coccinelle près de l'embarcadère à Hella. Et en déduire qu'on était partis dans la direction du glacier, qu'on s'était cachés au fond du fjord, là où il n'y a plus de route, c'est-à-dire un lieu inaccessible aux camions. Et elle aurait ainsi retrouvé notre trace. Pour nous punir. Pour, dans un premier temps, nous induire en erreur. Car il y a plusieurs manières de détruire la vie des hommes. Avec un peu d'imagination, on peut trouver des moyens raffinés de punir quelqu'un à vie.

Mais là, c'en était trop et je n'ai pu m'empêcher de montrer que ton imagination débordante m'amusait beaucoup. J'ai posé ma main sur ta cuisse, je crois que ça t'a plu, mais cela a été la dernière fois qu'il y a eu un geste tendre entre nous. Je t'ai dit :

– Mais le châle, Steinn ? Si elle n'a pas été blessée grièvement, pourquoi se serait-elle débarrassée de son châle rouge ou pourquoi l'aurait-elle perdu ?

Je ne sais pas si tu croyais vraiment à tes théories fumeuses. Tu essayais de penser rationnellement, ce qui n'est pas interdit, Steinn. Mais la Femme aux airelles était stupéfiante non seulement par sa parfaite ressemblance avec celle que nous avions renversée, mais aussi par sa manière de surgir du bois – alors que nous étions en train de toucher les digitales avec leurs clochettes pourpres dodues et pleines de vie – et de se volatiliser.

J'avais commencé à développer une interprétation spiritualiste de tout ceci, et sur le chemin du retour qui passait par Gol, Nesbyen, puis Krøderen, Sokna, Hønefoss et Sollihøgda, j'ai senti que tu prêtais l'oreille à mes propos. Ce n'était pas seulement un simple effet de lien post-symbiotique. Si les choses commençaient à se mettre en place pour moi, toi tu restais en pleine confusion. Je ne t'ai cependant pas parlé du livre que j'avais dérobé dans la salle de billard et que j'avais lu une bonne heure, la veille au matin, pendant que tu dormais encore. Mais n'était-ce pas un signe de tomber précisément sur ce livre quelques heures avant de rencontrer cette femme ?

Petit à petit, cette rencontre m'est apparue comme un signe d'espoir. Nous avions toujours eu ce sentiment intense d'être en vie et, partant, ce désespoir incommensurable à la pensée qu'un jour tout serait terminé à jamais. Et voilà que nous venions de recevoir le signe que nous étions seulement de passage ici-bas et que nos âmes pouvaient exister après cette vie-ci !

Cette femme avait le fameux sourire de la Joconde, avec un côté à la fois facétieux et profond. Nous avions eu droit à un magnifique cadeau et, aujourd'hui encore, à l'heure où je t'écris, j'aurais aimé partager ce sentiment de triomphe avec toi. Il n'est jamais trop tard.

Un autre élément nous a aussi réconfortés. La femme au châle rouge ne faisait plus pitié et, du coup, on s'est aussi sentis moins coupables. Nous avions interrompu l'existence terrestre de cette femme, car bien sûr son enveloppe charnelle était morte, que ce soit instantanément ou dans la semaine qui a suivi – ce qui donne des frissons dans le dos, je l'avoue –, mais la Femme aux airelles sauvages nous avait révélé qu'elle était passée dans une autre dimension. Telle était, sans aucun doute, la raison de son apparition. Elle tenait à nous montrer qu'elle nous avait pardonné et à nous donner la force de continuer à vivre ! Elle m'avait dit :

– *Tu es celle que j'étais, et je suis celle que tu seras.*

Ne t'en fais pas, cela voulait dire : tu deviendras comme moi, tu ne mourras jamais... Pour toi, elle a eu un commentaire consolateur :

– *Tu aurais dû avoir une amende pour excès de vitesse, mon garçon.*

Pour elle, dans son nouvel état, tu n'étais coupable que d'un simple manquement au code de la route, comme cela aurait pu arriver à n'importe qui. Ce n'était pas plus grave que ça, puisque nos corps sont de nature fragile et éphémère, et qu'il existe une autre vie plus pure et plus stable après celle-ci.

En un sens, elle nous a dit la même chose à tous les deux.

Une fois à la maison, nous n'avons plus eu le droit d'évoquer ce qui s'était passé. Le traumatisme était là et la culpabilité écrasante. Sans parler de cette honte qui ressurgissait à chaque regard échangé, chaque plat mangé ensemble et chaque tasse de café partagée. Mais j'en suis arrivée à la conclusion que la honte n'est pas la seule responsable de notre séparation. Nous aurions pu laisser la honte derrière nous en allant nous dénoncer à la police. C'était aussi simple que ça ! Forts de notre soutien mutuel, nous aurions accepté la punition et le déshonneur que cela aurait entraînés.

Tu ne peux avoir oublié ce que nous avons fait avant de mettre cette chape de silence sur cette histoire : nous avons effectivement fini par appeler la police. De manière anonyme, certes, mais nous avons demandé si on leur avait signalé un accident de la circulation mettant en cause un piéton à la frontière entre les deux départements que nous avions passée cette nuit-là. Nous avons motivé notre coup de téléphone en prétextant avoir été les témoins de quelque chose. La personne au bout du fil a noté le lieu et l'heure du présumé accident. Nous avons ajouté que nous rappellerions ultérieurement, car nous tenions à garder l'anonymat. Nous avons laissé passer deux ou trois jours, et la police nous a alors assuré qu'aucun accident mettant en cause des voitures ou des piétons n'avait été signalé cette nuit-là sur ce tronçon où la route est particulièrement droite et dégagée.

Bref, aucune trace de ce qui avait eu lieu. Le monde sensible ici-bas n'en a été que plus mystérieux, et cela reste, encore aujourd'hui, une énigme non élucidée. Nous étions deux à être persuadés que nous avions fauché une femme. D'autres personnes que les autorités et la police avaient dû s'occuper de son corps. J'étais, pour ma part, de plus en plus convaincue que l'âme de cette femme était venue nous visiter, quelques jours après l'accident.

Là se trouvait le fossé entre nous. J'avais une tout autre lecture des événements que toi, et la vie en commun devenait de plus en plus impossible. J'ai commencé à me plonger corps et âme dans la philosophie spiritualiste. En apercevant le livre que j'avais pris à l'hôtel, tu as failli me l'envoyer à la figure. J'ai ensuite consacré beaucoup de temps à lire la Bible et aujourd'hui je me considère comme une chrétienne à part entière.

Le Christ ressuscité s'était bien montré à ses disciples, alors pourquoi n'aurions-nous pas assisté à une apparition de ce genre ? Nous en avons discuté. J'ai toujours eu du mal à accepter que Jésus meure d'abord et que son corps ressuscite ensuite. Sur ce plan, je n'adhère pas au dogme de l'Église sur la « résurrection de la chair » ou aux représentations archaïques des tombes qui s'ouvriront au jour du Jugement dernier. En revanche, je crois à la résurrection de *l'esprit*. À l'exemple de saint Paul, je crois qu'à la mort de notre corps nous ressusciterons avec un « corps spirituel » dans une autre dimension que le monde physique où nous vivons ici et maintenant.

Je m'étais fait une synthèse entre le christianisme et la croyance, rationnelle à mes yeux, en l'immortalité de l'âme. Il ne s'agit donc pas, en ce qui me concerne, simplement de foi. J'avais *vu* une apparition – la femme que nous avions tous deux renversée et tuée –, comme les disciples de Jésus, selon les premiers chrétiens, avaient vu Jésus après qu'il se fut « levé d'entre les morts ». Ne penses-tu pas que Jésus s'est montré à ses disciples pour leur témoigner de la miséricorde, en d'autres termes, pour leur donner un message d'espoir et de foi ?

Ou, pour reprendre les paroles de saint Paul : « Si l'on proclame que Christ est ressuscité des morts, comment quelques-uns parmi vous disent-ils qu'il n'y a pas de résurrection des morts ? S'il n'y en a pas, Christ non plus n'est pas ressuscité. Et si Christ n'est pas ressuscité, notre prédication est donc vaine, et votre foi aussi est vaine. »

Moi qui souffrais de crises d'angoisse et pleurais à l'idée de n'être qu'un peu de matière, moi qui étais inconsolable à l'idée que je ne vivrais pas éternellement, voilà que j'avais soudain trouvé une foi qui me réconciliait avec cette vie-ci, puisqu'il y avait une autre vie après la mort.

Deux ou trois jours après notre retour, notre petit appartement débordait de livres achetés ou empruntés sur ces phénomènes que tu as qualifiés de « surnaturels ». Tu ne semblais pas avoir remarqué que je lisais aussi la Bible. Mais tu n'avais aucune foi pour aller à la rencontre de ma nouvelle orientation spirituelle. C'est pourquoi ce changement en moi, tu l'as vécu comme une trahison. Nous avions chacun notre propre communauté spirituelle, même si la mienne ne comptait qu'un seul membre.

Je voulais encore essayer de vivre avec toi, malgré ton athéisme, mais, à la longue, ton refus systématique vis-à-vis de mes nouvelles convictions a fini par m'atteindre. Tu n'avais aucune marge de tolérance. Tu ne témoignais d'aucune compassion. C'était pour moi une telle souffrance que je n'ai eu d'autre solution que de prendre, un après-midi, le train pour Bergen…

Plus de trente ans après, tu es sorti sur la terrasse en tenant une tasse de café à la main, et tu m'as aperçue tout à coup. L'espace d'une seconde, j'ai cru me voir moi-même avec tes yeux, et j'ai été envahie par une appréhension inquiétante.

Accepte à présent de participer à une dernière expérience mentale. J'y accorde une grande importance, car cette expérience est aussi l'expression d'un doute qui m'a rongée ces derniers temps. Eh oui, Steinn, il m'arrive à moi aussi de douter.

Imagine à nouveau que nous roulions dans la montagne comme l'autre fois, avec une caméra fixée à l'avant de la voiture. Si elle avait filmé la route une fraction de seconde avant la collision, crois-tu vraiment que la femme au châle rouge aurait été imprimée sur la pellicule ?

Tu trouves peut-être que je m'exprime bizarrement, mais laisse-moi t'expliquer.

Celle que nous avons appelée la Femme aux airelles sauvages était une apparition de l'au-delà et, comme je te l'ai dit, je ne crois pas que nous aurions pu prendre une photo d'elle, pas plus que nous n'aurions pu enregistrer sur un magnétophone les paroles qu'elle a prononcées. Elle était un esprit qui a visité deux êtres de chair et de sang. C'est pourquoi il est impropre de dire qu'elle « s'est matérialisée ». Elle est venue avec une pensée pour toi et une autre pour moi. Des phrases très différentes, bien que le message, au fond, ait été presque le même.

J'ai lu plusieurs récits de personnes ayant vécu des expériences similaires à la nôtre. Laisse-moi seulement souligner un point important : les esprits ne sont conditionnés ni par le temps ni par le lieu qui ont cours ici dans notre existence à quatre dimensions, pour ne pas dire notre existence bien carrée. Qu'est-ce qui les retiendrait ? Est-ce que la Femme aux airelles était déjà passée de l'autre côté ou avait-elle encore quelque chose à terminer de ce côté-ci ? Elle peut avoir été un avertissement, rien ne nous interdit de penser qu'elle est peut-être encore parmi nous.

Mais nous l'avons renversée, m'objectes-tu aussitôt, et je n'ai pas cessé de t'expliquer qu'elle avait trouvé la mort, soit sur le coup soit dans les jours qui ont suivi. Cependant j'ai un petit doute, Steinn : et si ce qui s'est passé était seulement un avertissement, un signe prémonitoire ?

Mais alors, le phare brisé ? Et la secousse des ceintures de sécurité ? Certes, il y a eu une secousse mais c'est tout, et quelque chose nous a effleurés, je ne mets nullement ça en doute, mais qui sait si nous n'avons pas été caressés par un esprit ?

Déjà, sur le moment, j'avais été frappée par la légèreté des dégâts causés sur la voiture, compte tenu des circonstances. Tu as d'ailleurs continué ta route. L'aurais-tu fait si tu avais heurté un renne ou un élan ?

Juste pour être sûre d'avoir envisagé toutes les possibilités, je te fais part pour finir d'une dernière hypothèse : la Femme aux airelles sauvages nous est apparue trois fois, d'abord sur le sentier là-haut à Hemsedal, puis près du lac de montagne et la troisième fois dans le bosquet de bouleaux derrière le vieil hôtel en bois. Qu'en penses-tu, Steinn ?

Puis elle ne s'est plus jamais manifestée, que ce soit devant moi ou devant toi. C'est d'ailleurs une des premières questions que nous nous sommes posées dès qu'on s'est retrouvés seuls tous les deux. Elle n'était apparue que devant nous, ce qui signifie que nous sommes peut-être les seuls au monde à pouvoir témoigner qu'elle a existé.

J'espère que mon récit ne t'a pas trop secoué, j'ai tellement peur que tu rompes tout contact avec moi en raison de la divergence de nos points de vue. Me considères-tu toujours comme perturbée mentalement ? Je sais qu'il y a en toi un espace accessible à une interprétation plus ouverte des événements mystérieux que nous avons vécus. Je me souviens de toutes nos discussions le lendemain, et de notre voyage de retour à Oslo. C'est seulement quand j'ai commencé à remplir l'appartement de tous ces livres que tu t'es définitivement replié sur toi-même. Plus de trente ans après, tu m'as d'ailleurs avoué que je t'avais fait peur.

Mais je ne veux pas terminer par cette pensée. Nous avons aussi été des habitants des cavernes, ne l'oublions pas. Nous avons été à la fois des *Homo erectus*, des *Homo habilis* et des *Australopithecus africanus*. Sur une Terre qui grouille de vie, dans un univers qui reste infiniment mystérieux. Je ne nie rien de tout cela.

Pourquoi ce Grand Mystère dont nous faisons partie aurait-il seulement une facette charnelle ou matérielle ? Peut-être sommes-nous au fond des esprits immortels, peut-être est-ce là notre noyau personnel le plus intime ?

Tout le reste à côté – les étoiles et les amphibiens fossiles – compte pour du beurre. Que ce soit un soleil ou un crapaud, une galaxie ou un pou, tous se consumeront au bout d'un temps déterminé et propre à chacun.

Tu as toujours été le premier à me rappeler que nos corps sont apparentés à ceux des crapauds et des reptiles. Malgré cette parenté génétique entre les vertébrés primitifs et l'*Homo sapiens*, je continue à penser que l'être humain diffère fondamentalement du crapaud. Nous pouvons nous placer dans un miroir et nous regarder dans les yeux, et les yeux sont le miroir de l'âme. Nous sommes ainsi les témoins de notre propre énigme. Un sage indien l'a exprimé en disant que l'athéisme est de ne pas croire à la splendeur de son âme.

Ici et maintenant, nous sommes à la fois corps et âme, en même temps. Mais nous allons survivre au crapaud qui est en nous. La Femme aux airelles sauvages n'avait plus un corps de chair et de sang. Puisses-tu un jour ouvrir les yeux sur le mystère divin dont elle portait le message !

Je repense en souriant à nos étreintes toujours renouvelées et si joyeuses. Notre désir de l'autre paraissait insatiable. Je garde précieusement en mémoire des bouts de film de notre dernière semaine dans le village de montagne. Ce sont de bons souvenirs. Je n'ai jamais eu honte de ma nature charnelle, mais chaque jour je suis heureuse d'être beaucoup plus que cela. D'être quelque chose de plus durable.

Maintenant, j'attends ta réponse.

VIII

Les digitales pourpres ! Tu es géniale, Solrun ! Sans le savoir, tu viens peut-être de résoudre une vieille énigme. Mais laisse-moi prendre un autre angle d'approche.

Je suis de nouveau à l'intérieur. Je suis assis dans la même chambre de la tour, comme la dernière fois avec toi. Il y a quelques instants, j'ai reçu ici ton dernier mail et, allongé sur la vieille méridienne, j'ai lu la fin de ton récit sur mon ordinateur portable posé sur les genoux. C'était étrange. Et douloureux. J'ai dû sortir sur le balcon et jeter un regard sur les montagnes et le glacier, histoire de vérifier que la nature restait ce qu'elle était, quelque chose d'éternel. La lecture achevée, j'ai flâné le long du vieux débarcadère, avec l'impression que l'image de notre couple allait surgir à tout moment. Qu'est-ce que le temps ? Tout est comme une pellicule de film avec une surimpression.

J'ai relu entièrement ton message avant de l'effacer et me voilà assis devant la petite table pour te répondre.

J'ai fichu le camp de l'université et j'ai foncé au volant de ma voiture, comme il y a trente ans. Je ne tenais plus en place. J'avais pris une décision et j'ai donné de mes nouvelles une fois arrivé à Gol.

J'ai appelé Berit. Je lui ai dit que j'avais pris la voiture et que j'étais en route vers la montagne où je voulais passer le week-end à réfléchir à des articles que je devais rédiger. J'ai dit que cela concernait entre autres le musée du Glacier. Mais ces articles n'étaient qu'un prétexte, autre chose m'attirait ici : tes mails, naturellement. Il fallait absolument que je revienne dans ce lieu. Je suis arrivé dans l'après-midi et, après le repas, je me suis précipité dans la chambre pour découvrir ton dernier message, cela faisait à peine une demi-heure que tu l'avais envoyé. J'avais emporté la carafe de vin et maintenant elle est sur la table devant moi, presque vide.

Je suis venu seul. Dans le sens où, cette fois, tu n'es pas venue. Au moment de franchir le col à péage, je n'ai pu m'empêcher d'espérer te voir apparaître dans le courant de la soirée. On se serait assis dans la vieille alcôve du salon de musique, avec un petit digestif pour accompagner le café. C'est la première fois que je me retrouve seul ici. J'aurais peut-être dû venir plus souvent, car je me suis vraiment attaché à cet endroit, au village et à ce vieil hôtel en bois.

D'ailleurs, c'est la première fois que je viens ici en voiture, depuis notre escapade avec la Coccinelle rouge. C'est étrange, parce que, d'une certaine façon, j'ai l'impression d'avoir passé ma vie à conduire dans cette montagne. Nuit et jour, j'ai été au volant là-haut près du lac, avant que la police nous interpelle à Leikanger. J'étais alors persuadé que le chauffeur de la camionnette blanche avait vu notre Coccinelle et donné l'alerte.

Quant à ta version des faits, certains points pourraient prêter à la discussion, mais je te rejoins sur presque tout. Ta version est assez proche de la vérité et tu fais bien ressortir les nuances de nos différentes interprétations du drame que nous avons vécu autrefois.

Durant tout le trajet, d'Oslo à Gol et jusqu'à Hemsedal, au volant de ma nouvelle voiture hybride, j'ai pensé à toi et à ta conception spiritualiste du monde. J'ai été frappé par le fait que finalement on en revient toujours à cette vision du monde. Même si elle n'est étayée par aucun fondement scientifique, la foi en l'immortalité de l'âme humaine ne pourra jamais être entièrement contredite par la science. Notre conscience est-elle seulement un produit de la chimie du cerveau ainsi que des stimuli de cet organe – en incluant ce que nous appelons la mémoire – ou bien sommes-nous, pour abonder dans ton sens, des âmes plus ou moins souveraines, qui, ici et maintenant, utilisons notre cerveau comme maillon entre une dimension spirituelle et l'environnement matériel de ce monde ?

Cette problématique n'est pas récente et je crois que nous n'en aurons jamais terminé avec elle. La vision spiritualiste du statut de l'homme et de l'ontologie est peut-être trop merveilleuse pour que nous acceptions jamais de l'abandonner. On finira toujours par trouver une argumentation pour la garder.

Nous sommes des esprits, Steinn !...
La mort n'existe pas, et les morts n'existent pas...

J'ai, pour ma part, du mal à croire à une affirmation aussi merveilleuse. Mais si les choses ne sont pas ainsi, c'est peut-être ainsi qu'elles auraient dû être. Nous sommes la conscience de ce monde, nous qui serions les créatures les plus nobles et les plus extraordinaires de tout l'univers. Alors pourquoi demander pardon si l'on rêve à un autre destin que le nôtre, nous qui sommes des êtres de chair et de sang ?

J'ai noté avec satisfaction que, dans ton dualisme, tu ne désavoues pas, malgré tout, notre existence ici-bas. Imagine, si tu avais écrit que nos étreintes amoureuses d'autrefois reposaient sur un malentendu ! L'histoire a assez d'exemples où l'idolâtrie religieuse a entraîné une négation de tout ce qui relève des sens et de l'ici-bas, c'est-à-dire ce qui, pour la plupart d'entre nous, compte pour la seule vraie réalité.

Mes pensées tournaient à l'obsession pendant le trajet au départ d'Oslo. Arrivé tout en haut de Hemsedal, j'ai emprunté le sentier forestier qui part à gauche de la route nationale, puis, au bout de quelques minutes de contemplation, j'ai rebroussé chemin et poursuivi ma route.

Je suis arrivé au haut plateau que je n'ai pas cessé d'arpenter dans la lumière du crépuscule, pendant plus de trente ans. Tel le Hollandais volant dans le Vaisseau fantôme, j'ai été condamné à errer là-haut, sinon chaque jour, du moins chaque nuit.

Tu te souviens de cette drôle de colline, juste avant que nous ne heurtions la femme au châle ? Celle en « pain de sucre » ? Le nom est d'ailleurs bien trouvé, car c'est un site tout à fait remarquable. Je vois à présent sur mon GPS qu'il porte en réalité un nom, et ce nom – il fallait s'y attendre – c'est Eldrehaugen, *La Colline des Anciens*.

Juste après cette étrange colline, il y a sur le côté droit de la route une petite bifurcation avec toute une série de panneaux explicatifs pour touristes. Sur l'un d'eux, on peut lire :

> *La Colline des Anciens est la colline au sommet rond que l'on aperçoit distinctement à l'est de ce panneau. Là se réunissaient des génies souterrains appelés Åsgardsreii ou Joleskreii. Chaque nuit de Noël, à minuit, les Åsgardsreii ou les Joleskreii surgissaient de la Colline des Anciens et descendaient dans la vallée de Hallingdal. Ils passaient dans les fermes et prenaient de la nourriture de Noël et de la bière. Les gens qui se montraient généreux envers ces génies en mettant dehors à leur intention largement de quoi boire*

et manger recevaient bénédiction et promesse de bonheur. Mais attention ! Si la nourriture était marquée d'une croix, cela voulait dire que les Åsgardsreii étaient offensés et cela annonçait des malheurs pour les hommes, les bêtes ou les biens. Les gens de Hemsedal connaissaient les noms de plusieurs de ceux qui faisaient partie des Åsgardsreii. Il y avait Tydne Ranakam, Helge Høgføtt, Trond Høgesyningen, Masne Trøst, Spenning Helle. Les Åsgardsreii pouvaient descendre jusqu'aux villages autour de Drammen. Ils restaient là-bas pendant les fêtes de Noël et ne revenaient à la Colline des Anciens qu'à l'Épiphanie.

J'ai secoué la tête et j'ai repensé à ce que tu m'avais écrit, comme quoi nous n'avions pas nécessairement heurté un être en chair et en os, ce jour-là, mais peut-être seulement une apparition…

Mais les digitales pourpres et la Femme aux airelles ! Ton hypothèse ne me paraît pas si saugrenue.

Nous avons vu la même chose, écris-tu. Mais nous avons entendu ou interprété les choses différemment.

Nous avons été attirés par la profusion des digitales pourpres qui te fascinaient tant que tu as voulu les toucher. Même si nous n'avons pas passé notre temps à parler d'elle, nous pensions sans cesse à cette femme que nous avions renversée, là-haut, sur la route de montagne. Et les digitales pourpres avaient très précisément la même couleur que le châle qu'elle avait sur les épaules et que nous avons retrouvé plus tard dans les buissons. Et aussi les mêmes nuances chatoyantes de rouge. Pas étonnant donc que ces fleurs nous aient tant bouleversés.

Mais tu as raison, quelque chose a fait que, tout à coup, on a tourné la tête. Le bruit d'un animal – une hermine ou une pie. Toujours est-il qu'en se retournant, toi et moi, on *a vu* la femme qu'on avait renversée – elle se tenait dans le bosquet avec le même châle rouge sur les épaules.

C'est peut-être normal que nous ayons été victimes à peu près de la même hallucination, vu notre état de trouble. Pourquoi as-tu été si attirée par les digitales pourpres ? Tout à côté, il y avait pourtant de séduisantes campanules bleues.

La question de savoir s'il existe cent, mille ou cent mille couleurs différentes n'est pas dénuée d'intérêt, mais il s'agissait exactement de la même nuance. Quelque chose avait bougé dans le bois derrière nous, on s'est retournés et en levant les yeux, il nous a semblé, à tous les deux, voir la femme avec le châle rouge autour des épaules. Et elle nous a dit quelque chose.

Et puis tu as trouvé ce livre. Tu en as lu des passages, moi aussi.

Sans doute étions-nous si secoués au plus profond de notre être que nous avons eu des visions. Fragiles, sans défense, nous avons basculé en quelques secondes dans un brouillard mental.

Demain, je poursuis ma route. Mais je prendrai un autre chemin pour rentrer à Oslo. Je ne passerai pas par la montagne, mais par Aurlandsdalen jusqu'à Hol. J'envisage aussi de faire un crochet par Bergen pour te rencontrer.

Je peux ?

Je prendrai un ferry pour traverser le fjord de Lavik à Oppedal. Si les horaires de ferry le permettent, j'irai peut-être à Rutledal et pousserai jusqu'à Solund. Il faut que je revoie ces paysages. Mais, bien sûr, tu ne peux pas me retrouver là-bas. Je veux dire, venir à ma rencontre à Rutledal… encore que si tu sautais dans un bus allant à Oppedal, on pourrait y aller ensemble, car il n'y a aucun intérêt à prendre deux voitures.

Cela aurait été ce que tu appelles une dernière « escapade ». Je crois que nous avons beaucoup de choses à nous dire. Je brûle d'envie de me balader en voiture avec toi sur ces îles, perdues dans l'océan. Rouler jusqu'à Kolgrov, par exemple. On pourrait passer à l'épicerie Eide sur les quais et acheter une glace – comme au bon vieux temps.

Je comprendrai, si tu ne peux pas te libérer. Transmets d'ailleurs mon bon souvenir à ton mari !

Par précaution, j'ai réservé pour demain une chambre à l'hôtel Norge. Je dois être ici le dernier client de la saison, avant que l'hôtel ne ferme pour l'hiver. Ils ont déjà commencé à ranger et à mettre des couvertures et des draps sur les meubles.

Je compte arriver à Bergen demain en fin d'après-midi ou dans la soirée. On pourrait se donner rendez-vous dimanche pour cette balade en voiture, si on te laisse partir de chez toi.

Ce serait bien de revoir l'archipel avec toutes ses baies et ses rochers. D'autant que toute l'île doit être couverte de bruyère en fleur. Nous y étions exactement à la même époque de l'année, la dernière fois. Et tu as raison : on sortait presque chaque soir pour admirer le paysage et le soleil qui s'abîmait dans la mer.

Je sens qu'un lieu de ce genre est idéal pour nous, là, maintenant. Un lieu où on se sentirait chez nous.

Peut-être. Mais un jour, nos âmes vont gagner un horizon d'une autre nature, encore plus sublime. Je le crois.

Mais suis-je le bienvenu à Bergen ?

Allez, viens !

Es-tu vraiment sincère ?

Oui, Steinn. Je souhaiterais que tu sois déjà là. Viens !

Je ne te cache pas que je n'ai pas cessé de t'aimer pendant toutes ces années. Chaque jour, j'ai pensé à toi et, d'une certaine manière, j'ai dialogué avec toi. Vu sous cet angle, j'aurai quand même passé toute ma vie avec toi, aussi étrange que cela puisse paraître. Oui, cela aura été une vie commune un peu différente des autres. Mais je te remercie aussi pour ces trente dernières années.

Je t'ai écrit que j'ai eu la sensation d'être bigame. Moi aussi, j'ai senti ta présence à mes côtés pendant toutes ces années. Avec ma sensibilité exacerbée et mes antennes, j'ai su que tu pensais à moi.

Mais tu…

Bien sûr que j'efface systématiquement tes messages. Personne d'autre ne peut lire ces lignes.

Est-ce qu'on n'a pas été, avant tout, deux âmes qui s'appartiennent ? Je veux dire par là, imbriquées l'une dans l'autre, tels deux photons indissociables qui forment un tout et qui réagissent l'un sur l'autre, même à des années-lumière de distance…

Je me demande s'il n'est pas plus facile de sentir la différence entre le corps et l'âme à notre âge.

Oh, il faudra reparler de tout ça et de beaucoup d'autres choses aussi. Nous irons un de ces jours à Solund, n'est-ce pas ?

Mais j'ai bu assez de vin et je vais me coucher. J'ai roulé

quatre cents kilomètres, alors je m'endormirai peut-être, à peine la tête posée sur l'oreiller. Le sommeil est un état bien capricieux ! Je n'ai aucune idée de ce que je vais rêver au cours de la nuit. Les rêves du genre cosmique, c'est bon, j'ai déjà donné, alors espérons que je ferai des rêves affreusement banals, cette fois-ci. Je peux toujours essayer de faire le tour du lac de Sognsvann avec toi, mais dans le sens contraire des aiguilles d'une montre !

Bonne nuit !

IX

Bonjour !

J'ai dit à Niels Petter que tu es en route pour Bergen. Comme ça, c'est fait. C'était un soulagement. Je pars faire une longue promenade et je serai absente le restant de la journée. Il faut que je réfléchisse. Et puis on se verra. Sinon aujourd'hui, en tout cas demain !

Je t'enverrai un mail dès que j'aurai la connexion Internet à l'hôtel, dans l'après-midi ou la soirée, nous pourrons dès lors convenir d'un rendez-vous. Alors bonne journée à toi, et belle promenade ! Je vais bientôt descendre prendre mon petit déjeuner avant de payer et de reprendre le volant. Hier soir, j'avais presque toute la salle à manger pour moi tout seul. C'était un peu pathétique, alors, pour compenser, j'ai commandé une grande carafe de vin, cela peut sembler beaucoup, mais il fallait bien que je boive aussi à ta place. Je t'ai imaginée de l'autre côté de la table, tu étais tantôt celle d'autrefois, tantôt celle d'aujourd'hui. Au fond, y a-t-il vraiment une différence ?

* * *

Coucou ! Me voilà arrivé à Bergen après une longue route. De ma chambre d'hôtel, j'aperçois le plan d'eau de Lille

Lungegårdsvann et la montagne d'Ulriken. Les lumières s'allument un peu partout, la nuit tombe et, pour la première fois, je sens l'approche de l'automne.

Sur le chemin, j'ai été témoin d'un grave accident de la circulation, un peu au sud du Sognefjord. J'en ai encore des frissons, alors je vais vider le minibar et jeter un coup d'œil dans le journal avant de me coucher. Est-ce qu'on peut convenir que tu passes demain à la réception vers neuf heures ? On pourrait peut-être aller à Rutledal et prendre le ferry pour Solund ?

Je suis si heureux à l'idée de te revoir. Et de te prendre dans mes bras.

* * *

Après le petit déjeuner, j'ai traîné près de la réception en t'attendant. Il est maintenant neuf heures et quart. Même si tu n'as pas répondu à mes derniers mails, je suppose que tu les as lus et que tu es en route pour me rejoindre. À moins que tu ne me passes un coup de fil ? Je suis maintenant dans ma chambre et je suis connecté en permanence.

* * *

Il est midi et tu n'as toujours pas donné signe de vie. J'ai essayé de te joindre sur ton portable pendant toute la matinée, mais tu as dû l'éteindre. J'attends encore quelques heures avant d'appeler chez toi.
Steinn.

Steinn,

Tu as certainement mis une clé USB dans ton ordinateur. Solrun en avait une autour du cou quand c'est arrivé, mais je te rassure tout de suite : je n'ai pas eu besoin de lire tous vos mails pour comprendre qu'il s'agit d'une longue correspondance entre vous deux. Ces traces électroniques t'appartiennent désormais à toi seul. Je ne crois pas qu'il existe des copies par ailleurs, car elle a tout effacé sur son ordinateur. Je vais enregistrer ce texte, le seul que je t'enverrai, sur cette même clé. J'ai également recopié les derniers mails que tu lui as envoyés lors de cette journée effroyable. Quand tu liras ceci, ce sera sur cette clé, comme tout le reste.

Je ne sais pas si je dois feindre la politesse et prétendre que j'ai eu du plaisir à te rencontrer la dernière fois, alors je préfère m'abstenir. Je n'ai pas non plus envie de tout résumer en disant que ce fut un enterrement digne. J'avais d'abord choisi de te rendre anonyme, et même si nous avons échangé quelques mots tandis que le cortège longeait le lac de Store Lungegårdsvann, je ne voulais pas qu'Ingrid et Jonas découvrent ton identité. J'avais espéré que tu aurais assez de présence d'esprit – je veux dire assez de respect – pour en tout cas nous laisser nous recueillir seuls. Les obsèques sont, en un sens, une cérémonie publique, mais le recueillement est un moment privé, réservé à la famille, à ce que j'appellerais la sphère intime. Mais tu voulais rester avec Solrun jusqu'au bout, as-tu dit, jusqu'à ce que la dernière parole fût prononcée au Grand Hôtel Terminus. Tu en avais décidé ainsi, alors je n'avais pas d'autre choix que de te présenter comme un ancien camarade d'études de Solrun. Appelle ça de la morale bourgeoise, si ça te chante, des situations de ce genre, on n'y est pas préparé. On ne s'entraîne pas à passer, d'un seul coup, du statut de mari à celui de veuf.

Avec le risque de sembler mesquin, j'ajouterais qu'à la fin du recueillement, tu es resté assis et tu as plaisanté avec Ingrid. Tu étais soudain en pleine forme et tu avais visiblement envie de faire la conversation. Non seulement tu t'es imposé lors du recueillement, mais tu voulais aussi capter l'attention, il te fallait du public. Et tu l'as eu. J'ai été blessé de voir Ingrid rire.

Je reconnais que Solrun et toi aviez des affinités qu'elle et moi n'avions pas. J'avais bien sûr entendu parler de toi, ou, devrais-je dire, de vous deux. Le couple phare dont tous les étudiants parlaient au début des années soixante-dix. Quand je dis « entendu parler », c'est une litote. Cela m'a suffi.

Considère l'envoi de cette clé USB avec ces quelques lignes comme l'expression d'un devoir que j'accomplis, au sens où il me semble que je le dois à Solrun. C'est une façon de solder les comptes, car les signaux que vous avez échangés entre vous ne me regardent pas. J'ignorais de quoi vous parliez, mais je savais que vous vous écriviez. Solrun n'a jamais cherché à se cacher.

Et j'ai pensé : à quoi ressemblerait le monde aujourd'hui si vous ne vous étiez pas retrouvés là-bas, dans le village du Livre ? Serait-elle encore en vie ? Il est de mon devoir de poser cette question dérangeante. Elle-même n'est plus en mesure de se la poser et c'est une question trop lourde à porter pour un seul homme.

Lorsque avec les tantes, les oncles, les nièces et les neveux, nous avons marché de la chapelle de l'Espoir à Møllendal jusqu'au Grand Hôtel Terminus pour nous recueillir, j'ai promis que je te contacterais pour te raconter un peu plus en détail ce qui est arrivé, et j'ai aussi pensé à cette clé USB que je devais te remettre. N'as-tu pas compris que j'étais gêné vis-à-vis des enfants, vis-à-vis de toute la famille ? Qui étais-tu pour venir ainsi et imposer ta présence ?

Je me retrouve seul maintenant, je vais donc remplir mon rôle, mais tu comprendras aisément que je souhaite, par la suite, rompre tout contact.

La dernière fois que je l'ai vue en pleine forme, c'était ce samedi. Je trouvais qu'elle avait un éclat particulier, cette matinée-là, avant que chacun vaque à ses occupations. Elle m'avait dit que tu étais en route vers Bergen. Est-ce pour cela qu'elle avait l'air si excitée ? J'ai décidé d'être grand seigneur et j'ai proposé qu'elle t'invite à venir à la maison, mais elle a refusé.

– Pas question, a-t-elle dit.

Elle voulait m'épargner. Enfin, c'est ce que je crois, ou plutôt ce que je croyais alors. Mais il y avait une autre raison.

Un jour de décembre, il y a longtemps, peut-être dix ou quinze ans de ça, j'ai offert à Solrun un joli châle, c'était un cadeau de l'Avent, car avec le châle j'avais aussi acheté un bégonia. Je m'en souviens particulièrement bien, parce que le châle et le bégonia avaient la même couleur rouge. En fait j'avais d'abord acheté la fleur, puis j'ai aperçu le châle dans une vitrine du magasin Sundt et j'ai trouvé qu'il avait la même couleur.

Mais elle ne l'a jamais porté. Elle s'est sentie embarrassée dès qu'elle a déballé son cadeau. Quand je lui en ai demandé la raison, elle a vaguement dit qu'elle se sentait vieille avec. Mais elle a aussi dit que ça lui évoquait une étrange mésaventure qu'elle avait vécue autrefois avec toi. Si je mentionne cette histoire aujourd'hui, c'est parce qu'elle m'en a reparlé quand on est repartis du village du Livre, en juillet dernier. C'était au moment où nous longions le lac de Jølstra. J'avais fait une remarque sur le temps qu'il faisait – du brouillard toute la journée mais qui semblait enfin se lever – et elle s'est soudain mise à reparler de ce châle, du bégonia et donc d'un épisode qui s'était produit il y a plus de trente ans, sans vouloir révéler en quoi consistait cette étrange mésaventure. Je me suis contenté de l'écouter sans faire de commentaire. Elle avait déjà dit certaines choses sur son passé. Elle avait parlé de ce « Steinn ». Et plus d'une fois. J'ai suggéré de faire un crochet pour passer à la maison de vacances à Solund, pour chasser tous ces souvenirs – pour ne pas dire ces fantômes du passé. Elle a pris ma main et m'a dit qu'effectivement, cela nous ferait du bien.

Bon, voilà une bonne chose de faite. C'est uniquement pour elle que je m'applique à te donner les tenants et les aboutissants de ce drame.

Comprends bien que je n'attends pas de réponse. Je ne fais que le devoir de tout mari qui se respecte. Je ne fais que mettre de l'ordre dans ses affaires.

La matinée où elle a disparu, elle avait ressorti ce vieux châle, je ne sais pour quelle raison. Je l'ai seulement vu quand nous sommes revenus de l'hôpital. Il était posé là sur son bureau, toujours soigneusement plié dans son emballage cadeau, tel qu'il était il y a dix ou quinze ans. Mais pourquoi ? Pourquoi l'avait-elle ressorti ?

C'est donc dans cet emballage que je te renvoie la clé

USB qui te permettra de lire ce message, car je pense que le châle et la clé ont davantage leur place chez toi que chez nous. J'ai la ferme intention qu'il ne reste plus rien de toi ici à Søndre Blekeveien après ceci. Je ne veux pas que Jonas fourre son nez dans ce que Solrun et toi, vous vous êtes écrit et je ne souhaite pas non plus qu'Ingrid hérite de ce châle. Quant à moi, il faut que j'essaie d'avancer dans la vie. Après un décès, il y a beaucoup de choses à régler, il faut solder les comptes bancaires, résilier des abonnements, bref, s'occuper de mille et une formalités. Tu fais partie de cette liste.

J'étais allé faire un tour au bureau ce matin-là, et elle m'avait prévenu qu'elle allait voir une amie. Pour une fois, elle m'avait fait comprendre qu'elle ne serait pas là pour déjeuner et qu'elle rentrerait tard. Elle a même dit «assez tard».

Elle ne m'a pas dit qui était cette amie ni où elle habitait, et cela continue à rester un mystère: pourquoi est-elle allée à Sogn ce matin-là – elle ne m'avait jamais parlé d'une amie dans ce coin – et en me précisant bien qu'elle serait partie toute la journée?

Avait-elle l'intention d'aller jusqu'à Solund, là où nous étions souvent allés en vacances, les dernières années? Mais si c'était le cas, pourquoi ne m'a-t-elle rien dit, pourquoi n'a-t-elle pas pris la voiture et pourquoi a-t-elle choisi de marcher le long de cette grande route avec toute la circulation?

Car c'est sur la E39, un peu au sud d'Oppedal – ou plus précisément là où une route bifurque vers Brekke et Rutledal –, qu'elle s'est fait faucher. Le chauffeur de bus a confirmé qu'elle était montée à Bergen, qu'il l'avait vue descendre à Instefjord qui est un endroit absolument paumé (sur le plan des transports s'entend) et qu'en revenant d'Oppedal, il l'avait vue gisant sur le bord de la route, renversée par un véhicule.

Solrun pouvait être imprévisible. Mais cela n'a plus d'importance maintenant. Je suppose que tu n'es pas venu d'Oslo à Bergen par la route, tu as bien pris le train, n'est-ce pas ?

Elle s'est donc fait faucher par un camion, à quelques kilomètres au sud du Sognefjord. C'était une zone avec une limitation de vitesse à 80 km/h, mais le camion avait pris de la vitesse dans la longue descente vers Instefjord, la visibilité était mauvaise, et le chauffeur, un homme jeune qui essayait d'arriver à temps pour prendre un ferry d'Oppedal, doit s'attendre à un procès en règle et écopera, je l'espère, d'une longue peine derrière les barreaux.

Lui aussi a eu le culot d'assister aux obsèques. Mais lui au moins, il n'est pas venu se recueillir avec nous. De toute façon, je crois que je l'aurais foutu dehors. J'aurais appelé la police.

J'avais une surcharge de travail au bureau, ce samedi quand j'ai reçu un coup de téléphone de l'hôpital Haukeland. Ils m'ont mis au courant de ce qui s'était passé, qu'ils l'avaient rapatriée en hélicoptère, et que son état était critique. J'ai sauté dans un taxi et j'ai tout de suite appelé Ingrid et Jonas. J'ai pu passer quelques minutes seul avec elle avant que les enfants n'arrivent. Elle était très mal en point, mais elle a soudain ouvert les yeux et, avec un regard perçant, elle a dit :

– Et si je m'étais trompée ? Peut-être que c'était Steinn qui avait raison !

La vérité ne sort pas seulement de la bouche des enfants et des ivrognes. Les mourants aussi peuvent parfois prononcer des phrases définitives.

Peut-être que tu avais raison, Steinn. Ça doit te faire plaisir à entendre !

C'est pour honorer son souvenir que je m'oblige à te transmettre sa dernière pensée. Ou, devrais-je dire, sa dernière réplique ? J'avoue n'avoir aucune idée de ce à quoi elle faisait allusion. Mais tu dois le savoir. Cela dit, j'ai quand même une inquiétude, ou plus exactement un soupçon.

Pour faire court, je ne peux m'empêcher de penser que vos retrouvailles là-haut à l'hôtel ont scellé son destin. Elle n'a plus jamais été la même depuis.

Je sais, et tu le sais sans doute aussi, qu'elle était une personne très religieuse. Elle croyait, envers et contre tout, à une vie après la mort. J'ai l'impression, mais je me trompe peut-être, que tu es davantage du genre rationaliste. En tout cas, d'après ce que j'ai compris, tu fais des recherches sur le climat, tu es un scientifique. Je suis prêt à parier que Solrun et toi aviez des conceptions de la vie assez éloignées l'une de l'autre.

Mais je me demande malgré tout si nous n'aurions pas mieux fait de laisser les conceptions de Solrun en paix. Elle était une lumière, elle était un feu et il y avait en elle comme un don de voyance.

– Peut-être que c'était Steinn qui avait raison !

Elle m'a fixé avec une expression de panique dans les yeux. J'ai vu dans son regard un chagrin inconsolable, une révolte intense et un désespoir atroce. Et puis elle a fermé les yeux, avant de revenir à elle une toute dernière fois. Là, elle a seulement posé sur moi un regard vide et impuissant. Il n'y avait plus rien à dire. Elle avait peut-être encore assez de forces pour me dire au revoir, mais elle ne l'a pas fait.

Elle avait perdu la foi, Steinn. Elle était au fond du trou. Elle était si vide, si perdue.

Qu'a-t-elle voulu dire quand elle s'est écriée que c'est toi qui avais raison? Est-ce quelque chose de vraiment important? J'entends par là, d'avoir raison? En d'autres termes, d'avoir la capacité ou la volonté de semer un doute qui va ronger l'autre jusqu'à lui faire perdre la foi?

Non, je t'ai dit que je ne veux pas de réponse, le moment de recueillement est définitivement passé.

Je ne sais pas au juste pourquoi, mais en te voyant, j'ai pensé à un de ces vieux personnages d'Ibsen qui passent leur temps à se plaindre. Un homme de la mer, en quelque sorte. Ou un Gregor Werle. Dans ce cas, j'endosserais volontiers le rôle de Relling.

Du haut de la mansarde dorée de Solrun, j'observe la ville.

Solrun m'avait dit qu'un de ces jours elle irait à Solund prendre congé de l'océan pour l'hiver. Ce n'était pas dans ses habitudes de planifier ce genre d'escapade en solo. Mais peut-être deviez-vous le faire à deux? Comme pour cette randonnée en montagne cet été où vous êtes partis ensemble?

Je ne sais pas pourquoi je pose la question puisque je ne désire pas de réponse. Tout cela n'a plus d'importance à présent.

Tu es donc venu à Bergen, mon cher ! Mais tu es arrivé trop tard ! Tu as appelé ici dans l'après-midi, quand tout était terminé. Nous venions de rentrer de l'hôpital. C'est Ingrid qui a décroché, mais elle m'a seulement passé le téléphone en disant qu'elle ne savait pas qui tu étais et qu'elle n'avait pas la force de te parler. J'étais courbé en deux au-dessus de la table et je lui ai dit que moi, je savais qui tu étais mais que, moi non plus, je n'avais pas la force de te parler. C'est finalement Jonas qui a pris le combiné et t'a fait savoir ce qui était arrivé. Je l'ai laissé s'en charger.

Et toi, qu'est-ce que tu as fait ? Es-tu resté à Bergen jusqu'aux obsèques ? Ou es-tu parti d'abord voir l'océan ?

Considère ces questions comme purement rhétoriques.

Après ceci, je te prierai d'éviter tout contact avec moi à l'avenir et j'ose espérer que tu respecteras ma décision. Dans les mois et les années qui viennent, les enfants et moi auront bien assez à faire pour nous soutenir mutuellement et resserrer le cercle familial.

C'est vide sans elle, ici à Skansen. À l'ouest des Langfjellene aussi, il y avait quelqu'un qui tenait à Solrun. Même si j'ai accepté de jouer le rôle de Relling, je penserai toujours à Solrun comme à un être d'exception.

Voilà ce que j'avais à te dire,

Niels Petter

RÉALISATION : PAO ÉDITIONS DU SEUIL
IMPRESSION : CPI – FIRMIN DIDOT AU MESNIL-SUR-L'ESTRÉE (EURE)
DÉPÔT LÉGAL : FÉVRIER 2010. N° 99394 (98348)
IMPRIMÉ EN FRANCE